[學術華語漫談系列]

學科主題漫談 I

主編
李明懿

編寫教師
蘇文鈴、李明懿、張　瑛、陳慶萱、
李菊鳳、林宛蓉、范美媛

中大出版中心 | 遠流
National Central University Press

目次

編者序

　　壬寅虎年，學術華語系列教材終於出版了。

　　21 世紀，隨著華語地區高等教育的國際化，我們看到了準備進入大學、或正在大學攻讀學位的國際學生，在求學和就業時所面臨的挑戰：在課堂、實驗室、研討會、小組討論等等場域中，聽不懂教授和同學所說的話，更無法開口表達見解或參與討論。誠然，國際學生中不乏華語流利者，但是學生們在學術場域中很快便深刻體認到，若要在留學期間充分體驗知識的流動和創新，他們還需要學習另一種華語，也就是學術華語。

　　學術華語課程與系列教材，從發想、構思、啟用數位平台、試用紙本材料到出版，走了一段艱辛漫長卻不孤單的路。2013 年起，在臺灣聯合大學系統「華語教學整合計畫」經費的支助下，我們決定落實學術語言教學的理想，以建置學術華語教學與學習數位平台為總目標，開啟以學科主題漫談和學術演講為主要內容的資源和教材的發展之路。在此期間，我們也進行了許多實驗性的工作，包括調查國際學生的學習需求、轉寫課堂教學和學術演講的逐字稿、構擬詞彙例句和練習題。2015 年，學術華語教學數位教材 1.0 版大致完成，開始在中央大學、清華大學、交通大學試用。2017 年，數位學習平台遭受駭客攻擊，在重建的同時，我們決定除了發展動態的課程平台之外，也出版教材的紙本書和電子書。於是老師們開始利用課後和假期重新檢討編寫教材內容；週間午休時間，團隊成員則一邊用餐，一邊腦力激盪；教材中每一篇課文、詞表、語法點和練習都經過多次的同儕檢視和修改。如此歷經若干個寒來暑往春去秋來，學術華語漫談系列的《學科主題漫談 I》和學術華語發表系列的《學術演講入門》教材內容終於成形。此期間，我們也進行了多個實驗性的工作，包括國際生學習需求調查、大學教師學科課堂教學、學術演講的轉寫和分析、舉辦學術華語教學座談研討，以及與海內外學者專家交換專業或學術華語教學的心得。老師們也在包括中央大學、清華大學、交通大學及德國柏林自由大學中級課程或學術華語課程中試用教材，獲得了顯著

的教學成效：我們看到學生開始能用中文口頭簡報自己的研究或感興趣的科普議題；能在書報討論或研討會裡掌握發表的內容；能在面試時全程用中文介紹自己的專業領域和研究；能在專業課堂上用中文教學。

每一項發想的實現，都需要許多人的支持、鼓勵、驅策和付出。感謝臺灣聯合大學系統前系統校長曾志朗院士、中央大學前系統副校長葉永烜院士、前陽明大學陳正成副校長、現任臺灣聯合大學系統校長陳力俊院士、陽明交通大學林奇宏校長、清華大學林聖芬系統副校長、中央大學綦振瀛副校長、中央大學顏上堯副校長、政治大學蘇蘅副校長、系統辦公室陳玉芬祕書、卓爾珊祕書、林靜宜祕書、梁毓莊祕書、中央大學語言中心黃惠姿行政專員、徐慧如專任助理等等師長同仁在學術華語教材發展計畫上的支持、指導和行政協助。

感謝本教材的匿名審查委員和參與專家審查的加州大學戴維斯分校儲誠志教授、臺灣大學高照明教授、麻省理工學院廖灝翔教授、康乃爾大學盧俊宏老師提供的寶貴指導。

感謝參與執行學術華語教材計畫的中大之光：華語教學學分學程傅聖芳、楊馨雅、許馥曲；資工高手周恩冉、徐立人、朱立宇、彭泰淇、彭浩銘。

感謝傾力支持並催生教材出版的中央大學出版中心總編輯李瑞騰教授、王怡靜高級專員和遠流出版公司的曾淑正主編，沒有怡靜的盡責督促以及遠流編輯團隊的細心排版和校對，教材不會有現在的樣貌。

最後要感謝共同實踐學術華語教材發展計畫的同仁：蘇文鈴老師、蔡愷瑜老師、呂泰霖老師、王娟娟老師、林宛蓉老師、鄭彩娥老師、張瑛老師、李菊鳳老師、范美媛老師。因為大家的齊心協力，我們才能走出第一步。我在此大聲宣布：我們正在為學術華語教材和數位學習平台繼續努力，竭誠歡迎更多的伙伴共同為學術華語課程和教材發展盡心盡力！

李明懿 2022 年春謹誌於中央大學

內容簡介

　　學術華語漫談系列之《學科主題漫談 Ⅰ》是一套為增進非母語學習者之學術語言能力而設計的教材。本教材適用於實體、線上、混成等課程模式；內容可做為課程主體或輔助教材，亦可供學生自學。使用本教材的學習者起點程度可為台灣華語文能力基準（TBCL）3 級、華語文能力測驗（TOCFL）聽力和口語入門基礎級、漢語水平考試（HSK）3 或 4 級、CEFR A2 級、ACTFL 之中初級（Intermediate Low）。

　　《學科主題漫談 Ⅰ》各單元對話以校園為背景，人物角色包括國際學生和本地生。教材內容涵蓋八個科普話題：應用軟體、機率與統計、3D 列印、再生能源、人工智能、數學與測量、基改食品、市場行銷。使用本教材時，無須依照單元前後順序學習，可依據學習者個別背景、興趣和需求規劃學習順序，或選取其中的單元重點學習。

　　本套教材各單元包括以下九個部分：

　　1. 主題引導（Guide Questions）：以簡短的問題喚起學習者相關先備知識，導入單元主題情境。

　　2. 課文摘要（Synopsis）：簡述課文大意，協助學習者預知內容梗概，進一步提取前知，促進由上而下的學習動能。

　　3. 對話（Dialogue）：以輕鬆活潑的對話呈現，藉由聊天問答的方式簡單地介紹主題知識，並將學科或專業情境中常見的詞彙和句式融入其中。

　　4. 詞彙（Vocabulary）：詞彙分學科主題詞彙、專有名詞、一般詞彙三個部分。學科主題詞彙臚列課文中與單元主題直接相關的詞語；專有名詞則包括人名、地名、文化詞等與主題非直接相關的專門術語。所有詞條均加注漢語拼音、詞類標記、英譯和例句。為使學習更具針對性，詞類標記和英譯原則上以本教材單元主題的用法為限－例如，「無人」的用法限於「無人駕駛」或「無人機」的唯定狀態動詞用法；「風力」的用法限於表示能源的 wind power。本教材的生詞例句，學科主題詞彙和專有詞語，各詞條僅列一則例句；

一般詞彙列兩則例句。為節省篇幅，並鼓勵認字，紙本及電子書教材中的例句僅提供漢字版，例句的拼音版可見於 eCAP@UST 平台之教材區。

5. 句型（Sentence Patterns and Constructions）：摘列課文中出現的重要句式。每條句式均加注漢語拼音、詞類標記、英譯和例句。句型練習可依照任課教師課程計畫作為課堂活動或課後複習作業。

6. 近似詞（Synonyms）：各單元均設有近似詞表，將單元中特定詞彙與易混淆詞列表，以利學習者辨析和複習。

7. 綜合練習（Exercises）：綜合練習包括：重述練習、詞語填空和問答練習，可協助學習者重點複習單元中的重要詞彙、語法形式和篇章結構。

8. 課後活動（Extension Activities）：課後活動有問題討論和任務活動，可協助學習者將單元內容與現實連結，活用其所學。

9. 詞彙索引和語法索引（Vocabulary Index and Grammar Index）：詞彙索引和語法索引彙整本教材所有生詞漢語法形式，二者各依單元主題和拼音排列，可協助學習者查找特定詞語或與法形式或統整複習。

詞類標記表

詞類標記	英文名稱	中文名稱	例詞
N	Noun	名詞、專有名詞	軟體、基因、迪化街
V	Action Verb	動作動詞	輸入、安裝、編寫
Vs	State Verb	狀態動詞	溫馨、仔細、順利
Vp	Process Verb	變化動詞	畢業、來、去
Vaux	Auxiliary Verb	助動詞	能、可以、願意
Vi	Action Verb, Intransitive	動作動詞，不及物	旅遊、購物、保濕
Vst	State Verb, Transitive	狀態動詞，及物	吸引、為難、擁有
Vpt	Process Verb, Transitive	變化動詞，及物	造成、導致、產生
Vs-attr	State Verb, Attributive	唯定狀態動詞	全球、專業、數位
Vs-pred	State Verb, Predicative	唯謂狀態動詞	多、少、夠
V-sep	Verb, Seperable	可離合動作動詞	除錯、省電、作夢
Vs-sep	State Verb, Separable	可離合狀態動詞	放心、開心
Vp-sep	Process Verb, Separable	可離合變化動詞	上市、結婚、還願
Adv	Adverb	副詞	主要、的確
Conj	Conjunction	連詞	和、及、與
Prep	Preparation	介詞	藉由、透過、憑
M	Measure	量詞	個、位、群
Ptc	Particle	助詞	的、了、嗎
Det	Determiner	定詞	各、某、任何
Ph	Phrase	短語	乘以、除以、以上
IE	Idiomatic Expression	成語或慣用語	不可思議

應用軟體

一、主題引導（Guide Questions）

1. 你的手機裡有哪些 App ？
2. 你最常用的 App 是什麼？
3. App 是怎麼做出來的？

二、課文摘要（Synopsis）

阮玉玲和高明藍都要考華語能力測驗，但是明藍太忙，沒時間準備，因此玉玲建議她使用手機 App 來準備。

App 的中文是應用程式，也叫應用軟體，是為了某種特別的應用目的而編寫的程式。智慧型手機普及以後，從專屬商店安裝的應用程式就通稱「App」了。

應用程式的編寫過程是先由程式設計師（programmer）使用程式語言（programming language）編寫原始碼（source code），再用編譯器（compiler）把原始碼編成執行檔（executables），最後編好的執行檔交給機器執行就可以了。

三、對話（Dialogue）

（阮玉玲跟高明藍正在咖啡店喝咖啡。）

阮玉玲：你帶我來的這家咖啡店，不但環境安靜，布置得也很溫馨，而且咖啡好喝又便宜，真適合在這裡念書。欸，下個月就要考華語能力測驗了，你準備得怎麼樣了？

高明藍：哎呀！別提了。我又要寫期末報告，又要做實驗，忙得連吃飯的時間都沒有，只好從測驗的官方網站下載詞表來背，可是生

詞太多了，我怎麼記都記不住，怎麼辦？

阮玉玲：我推薦一個學習語言的 App 給你。我下載這個 App 以後，中文課的生詞考試都進步了！用法很簡單，只要把你想記住的生詞輸入到 App，它就會轉換成字卡，你也快試試吧！

高明藍：能在電腦上用嗎？因為我的手機容量很小，所以不想在手機裡安裝太多 App。

阮玉玲：電腦不支援這個 App，看來你不能用了。欸，為什麼有的 App 只能在手機上用，不能在電腦上用？

高明藍：那我先考考你，大家常說的「App」是什麼？

阮玉玲：我來查查。App 的全名是 application program，中文叫應用程式，也叫應用軟體，是為了某種應用目的而編寫的程式，比如電腦裡的音樂播放器、防毒軟體、網路瀏覽器，都算是應用程式。智慧型手機普及以後，從專屬商店安裝的應用程式就通稱「App」了。

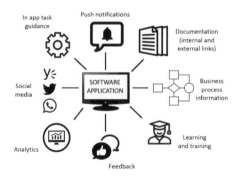

圖片來源網頁：https://commons.wikimedia.org/wiki/File:DAP_components.png

高明藍：沒錯。至於手機 App 為什麼不能在電腦上用，是因為手機和電腦的「作業系統」（operating system）不同的關係。

阮玉玲：難怪有時候電腦上的軟體，不一定有手機版。那 App 是怎麼做出來的呢？

高明藍：簡單地說，程式設計師（programmer）使用程式語言（programming language）編寫原始碼（source code），再用編譯器（compiler）把原始碼編成執行檔（executables），編好的執行檔就可以交給機器執行了。

阮玉玲：我常聽人說還要除錯，是嗎？

高明藍：沒錯。設計軟體的過程中最麻煩的事情就是要除錯，特別是當原始碼不是自己寫的時候。如果執行的結果跟預期的不同，程式設計師就得仔細檢查每一個步驟找出程式錯誤，這個過程非常需要耐心跟細心。

阮玉玲：原來如此。既然你不願意在手機上安裝這個 App，電腦又不支援，那你要怎麼記生詞啊？

高明藍：我再去找找有沒有電腦網頁能用的吧！希望考試能順利通過！

阮玉玲：那等我們都通過了，再來這裡一邊喝咖啡，一邊閱讀，裝一下文青吧！

四、學科主題詞彙（Subject Vocabulary）

1.	**輸入**	shūrù	V	to input
	只要把你想記住的生詞**輸入**到 App，它就會轉換成字卡。			
2.	安裝	ānzhuāng	V	to install, to erect, to mount
	因爲我的手機容量很小，所以不想在手機裡**安裝**太多 App。			
3.	**支援**	zhīyuán	V	to support
	我的電腦不**支援**這個 App。			
4.	**應用程式**	yìngyòng chéngshì	N	application (computer) program
	應用軟體	yìngyòng ruǎntǐ	N	application software

	軟體	ruǎntǐ	N	software
	App 的全名是 application program，中文叫應用程式，也叫應用軟體。			
5.	編寫	biānxiě	V	to compile
	編	biān	V	to compile
	程式設計師使用程式語言編寫原始碼，再用編譯器把原始碼編成執行檔，編好的執行檔就可以交給機器執行了。			
6.	程式	chéngshì	N	program
	學寫程式不難，但是為什麼要學，學了以後可以做什麼，並不容易回答。			
7.	播放器	bōfàngqì	N	(multimedia) player
	網路上有很多免費的影音播放器。			
8.	防毒軟體	fángdú ruǎntǐ	N	antivirus software
	現在不但電腦需要安裝防毒軟體，連手機最好也裝。			
9.	瀏覽器	liúlǎnqì	N	browser (software)
	這個瀏覽器也有翻譯軟體，看外文文章方便極了。			
10.	作業系統	zuòyè xìtǒng	N	operating system
	電腦的作業系統是在電腦硬體跟應用程式中間的軟體。			
11.	程式語言	chéngshì yǔyán	N	programming language
	想做寫程式的工作的人大部分都先從 C、Java 這兩種程式語言開始學。			
12.	原始碼	yuánshǐ mǎ	N	source code
	有很多工程師把自己寫的程式的原始碼放在網路上，讓大家免費用。			
13.	編譯器	biānyìqì	N	compiler
	編譯器又叫做編譯程式，可以把人編寫的原始碼程式翻譯成電腦能懂的程式。			

14.	**執行檔**	zhíxíng dǎng	N	executive file
	執行檔在電腦科學中指一種可被電腦解釋為程式的電腦檔案。			
15.	**除錯**	chú cuò	V-sep	to debug
	電腦軟體執行的時候如果有不正常的情形，找出問題發生的原因，而且要把問題解決的經過就是**除錯**。			
16.	**程式錯誤**	chéngshì cuòwù	N	bug
	錯誤	cuòwù	N	error, mistake
	我的電腦昨天發生了嚴重的**程式錯誤**，問題已經解決了。			
17.	**網頁**	wǎngyè	N	web page
	這個免費的**網頁**製作網站可以幫你很快就做好個人網站的**網頁**。			

五、詞彙（Vocabulary）

1.	**布置**	bùzhì	V	to arrange, to decorate
	你帶我來的這家咖啡店，不但環境安靜，**布置**得也很溫馨。			
	我們系明天要舉辦研討會，所以等一下我要去幫忙**布置**會議室。			
2.	**溫馨**	wēnxīn	Vs	heartwarming, lovely
	你帶我來的這家咖啡店，不但環境安靜，布置得也很**溫馨**。			
	我今天在播客（podcast）上聽到了一個很**溫馨**的故事。			
3.	**能力**	nénglì	N	capability, ability
	下個月就要考華語**能力**測驗了，你準備得怎麼樣了？			
	小王的工作**能力**很強。			
4.	**測驗**	cèyàn	N/V	test; to test

	下個月就要考華語能力**測驗**了，你準備得怎麼樣了？			
	這個考試是為了**測驗**學生的閱讀能力。			
5.	**實驗**	shíyàn	N	experiment
	我又要寫期末報告，又要做**實驗**，忙得連吃飯的時間都沒有。			
	做完**實驗**以後，就可以開始分析數據了。			
6.	**官方**	guānfāng	Vs-attr	official (approved or issued by an authority)
	她為了準備華語能力測驗就從測驗的**官方**網站下載詞表來背。			
	根據**官方**報導，那個國家去年的出生率是千分之八。			
7.	**轉換**	zhuǎnhuàn	V	to change, to switch, to convert, to transform
	只要把你想記住的生詞輸入到 App，它就會**轉換**成字卡，你也快試試吧！			
	你知道要怎麼把 GIF 圖檔**轉換**成 JPG 檔嗎？			
8.	**卡**	kǎ	N	card; 字卡：words flash cards
	只要把你想記住的生詞輸入到 App，它就會轉換成字**卡**，你也快試試吧！			
	台灣現在有很多銀行的信用**卡**也是悠遊**卡**，非常方便。			
9.	**容量**	róngliàng	N	capacity, volume, quantitative (science)
	因為我的手機**容量**很小，所以不想在手機裡安裝太多 App。			
	這個杯子的**容量**太小，只裝得下 300 毫升。			
10.	**全名**	quánmíng	N	full name
	App 的**全名**是 application program，中文叫應用程式，也叫應用軟體。			
	DNA 的**全名**是 Deoxyribonucleic acid（去氧核醣核酸）。			

	某	mǒu	Det	certain, some
11.	App 是為了**某**種應用目的而編寫的程式。			
	根據新聞報導，北部**某**實驗室昨晚發生火災，幸好無人傷亡。			
	應用	yìngyòng	V	to use, to apply
12.	App 是為了某種**應用**目的而編寫的程式。			
	你知道 3D 列印已經**應用**在哪些領域上了嗎？			
	目的	mùdì	N	purpose, aim, goal
13.	App 是為了某種應用**目的**而編寫的程式。			
	你做這個實驗的研究**目的**是什麼？			
	智慧型	zhìhuìxíng	Vs-attr	smart, intelligent
14.	**智慧型**手機普及以後，從專屬商店安裝的應用程式就通稱「App」了。			
	智慧型家電能根據房間裡的環境自動改變工作時間、狀態，所以比傳統家電更方便。			
	普及	pǔjí	Vs	to popularize
15.	智慧型手機**普及**以後，從專屬商店安裝的應用程式就通稱「App」了。			
	教育**普及**能改善貧富差距的問題嗎？			
	專屬	zhuānshǔ	Vs-attr	exclusive; to be dedicated exclusively to
16.	智慧型手機普及以後，從**專屬**商店安裝的應用程式就通稱「App」了。			
	這家商店可以為客人訂製**專屬**的手機殼。			
	通稱	tōngchēng	Vpt	to be generally called as
17.	智慧型手機普及以後，從專屬商店安裝的應用程式就**通稱**「App」了。			
	滑鼠在中國大陸**通稱**「鼠標」。			

	版	bǎn	N	edition, version
18.	電腦上的軟體不一定有手機版。			
	你買的書不是最新版的，最新的是第三版。			
	設計師	shèjìshī	N	programmer, designer
19.	簡單地說，程式設計師使用程式語言編寫原始碼，再用編譯器把原始碼編成執行檔，編好的執行檔就可以交給機器執行了。			
	要是你不知道頭髮染什麼顏色好看，可以跟設計師討論一下。			
	機器	jīqì	N	machine
20.	簡單地說，程式設計師使用程式語言編寫原始碼，再用編譯器把原始碼編成執行檔，編好的執行檔就可以交給機器執行了。			
	我們公司打算從外國進口一批新機器。			
	執行	zhíxíng	V	to execute
21.	簡單地說，程式設計師使用程式語言編寫原始碼，再用編譯器把原始碼編成執行檔，編好的執行檔就可以交給機器執行了。			
	小王負責執行這次的計畫。			
	設計	shèjì	V	to design
22.	設計軟體的過程中最麻煩的事情就是要除錯，特別是當原始碼不是自己寫的時候。			
	買房子以前，最好看看那棟房子有沒有耐震設計。			
	過程	guòchéng	N	process
23.	設計軟體的過程中最麻煩的事情就是要除錯，特別是當原始碼不是自己寫的時候。			
	傳統義肢的製作過程要花很多時間，用 3D 列印技術做比較快。			
	結果	jiéguǒ	N	a result, an outcome, an effect
24.	如果程式執行的結果跟預期的不同，程式設計師就得仔細檢查每一個步驟找出程式錯誤，這個過程非常需要耐心跟細心。			

	根據最近的研究**結果**，適量地使用味精並不會對人體造成傷害。			
25.	**預期**	yùqí	V	to expect, to anticipate
	如果程式執行的結果跟**預期**的不同，程式設計師就得仔細檢查每一個步驟找出程式錯誤，這個過程非常需要耐心跟細心。			
	這個實驗的結果跟我**預期**的差很多，看來得重做了。			
26.	**仔細**	zǐxì	Vs	careful, thoroughgoing
	如果程式執行的結果跟預期的不同，程式設計師就得**仔細**檢查每一個步驟找出程式錯誤，這個過程非常需要耐心跟細心。			
	用 3D 印表機印出模型以前，一定要**仔細**檢查電腦上的設計圖有沒有問題。			
27.	**檢查**	jiǎnchá	V	to examine, to inspect
	如果程式執行的結果跟預期的不同，程式設計師就得仔細**檢查**每一個步驟找出程式錯誤，這個過程非常需要耐心跟細心。			
	地震發生過後，最好**檢查**一下房屋的結構。			
28.	**步驟**	bùzòu	N	procedure, step
	如果程式執行的結果跟預期的不同，程式設計師就得仔細檢查每一個**步驟**找出程式錯誤，這個過程非常需要耐心跟細心。			
	我這個**步驟**算錯了，難怪算不出正確的答案。			
29.	**耐心**	nàixīn	N	patience
	如果程式執行的結果跟預期的不同，程式設計師就得仔細檢查每一個步驟找出程式錯誤，這個過程非常需要**耐心**跟細心。			
	對學得比較慢的學生，王老師還是很有**耐心**地教他們。			
30.	**細心**	xìxīn	N/Vs	circumspection; attentive
	如果程式執行的結果跟預期的不同，程式設計師就得仔細檢查每一個步驟找出程式錯誤，這個過程非常需要耐心跟**細心**。			
	小李很**細心**，只有他發現我剪了頭髮。			

	原來如此	yuánlái rúcǐ	IE	So that is what [how] it is.; I see.
31.	A：你昨天怎麼沒來上課？ B：因為我去參加研討會了。 A：**原來如此**。			
	A：你常去台中，是去玩嗎？ B：不是，我家就在台中。 A：**原來如此**。			
	順利	shùnlì	Vs	smooth, without a hitch
32.	希望這次考試能**順利**通過！			
	畢業以後，他很**順利**地找到了工作。			
	閱讀	yuèdú	V/N	to read, reading
33.	那等我們都通過了，再來這裡一邊喝咖啡，一邊**閱讀**，裝一下文青吧！			
	明天我去要考中文**閱讀**能力測驗。			
	裝	zhuāng	V	pretend
34.	那等我們都通過了，再來這裡一邊喝咖啡，一邊閱讀，**裝**一下文青吧！			
	我一叫他還錢，他就**裝**傻。			
	文青	wénqīng	N	hipster
35.	那等我們都通過了，再來這裡一邊喝咖啡，一邊閱讀，裝一下**文青**吧！			
	不知道從什麼時候起，「**文青**」變成了一種流行。			

六、句型（Sentence Patterns and Constructions）

1. 別提了 bié tí le　say no more; don't bring it up; drop the subject

「別提了」表面上的意思是「不要再說這件事了」。說話者在對方說到一件情況不理想，或自己不想談的事情的時候，會先說「別提了」，希望對方不要再說這件事，但是通常會繼續說出事情的情況。

➢ A：欸，下個月就要考華語能力測驗了，你準備得怎麼樣了？

　B：哎呀！**別提了**。我又要寫期末報告，又要做實驗，忙得連吃飯的時間都沒有。

➢ A：你昨天去月老廟求籤，結果怎麼樣？

　B：**別提了**。月老要我先用功念書，別想女朋友的事。

➢ A：你用 3D 印表機印模型，做出來了嗎？

　B：**別提了**。材料費太貴，我付不起，只能想別的辦法了。

練習

① A：你的論文寫得怎麼樣了？

　B：別提了。我的論文 ＿＿＿＿＿＿＿＿＿＿＿＿＿＿＿＿＿＿ 。

② A：昨天跟文美的約會怎麼樣？

　B：別提了。＿＿＿＿＿＿＿＿＿＿＿＿＿＿＿＿＿＿＿＿＿ 。

2. 看來 kànlai　apparently; it seems that

「看來」常用來連接前後文。說話者知道一個情況之後，先說「看來」，然後說出自己對情況的判斷或計畫。

➢ 電腦不支援這個 App，**看來**你不能用了。

➢ 這家新開的麵店，排隊的人好多，**看來**我們得等很久了。

➢ 時間不夠，報告今天做不出來，**看來**只好遲交了。

練習

① 實驗做不出來，看來我們得 ＿＿＿＿＿＿＿＿＿＿＿＿＿＿＿ 。

② A：網路壞了，怎麼辦？

　　B：看來 _____。

3. 為了……而…… wèi le...ér...　to do something for the purpose of

「為了……而……」表示做某一件事和做那件事的目的。「為了」的後面是目的，可以是表示目的的名詞，也可以是動詞，「而」的後面是為了那個目的而做的事。

> App 的全名是 application program，中文叫應用程式，也叫應用軟體，是**為了**某種應用目的**而**編寫的程式，比如電腦裡的音樂播放器、防毒軟體、網路瀏覽器，都算是應用程式。

> 不要**為了**賺錢**而**忽略了健康和學業。

> 他昨天**為了**辦簽證**而**等了三個小時。

練習

① 父母為了 _____ 而搬家。

② A：小張 _____。

　　B：難怪他看起來很累！

4. 比如（說）bǐrú　for example; for instance; such as

「比如」通常放在例子的前面，用來提出例子。也可以說「例如」、「比方」。

> App 的全名是 application program，中文叫應用程式，也叫應用軟體，是為了某種應用目的而編寫的程式，**比如**電腦裡的音樂播放器、防毒軟體、網路瀏覽器，都算是應用程式。

> 可再生能源就是從大自然來的能源，**比如**風力、太陽能和地熱能等。

> 為了提高學生的學習動機，王老師做了很多嘗試，**比如**只要學生主

動發言，他就加分。

練習

① 讓身體變健康的方法有很多，比如 _____。

② A：有哪些辦法能讓中文進步呢？

　　B：_____，比如 _____。

5. 至於 zhìyú　as for; as to; to go so far as to

「至於」是一個連詞。常用來帶出一個跟前面說過的內容有關係的另一個新話題。「至於」會放在這個新話題的前面。

➤ 智慧型手機普及以後，從專屬商店安裝的應用程式就通稱「App」了。**至於**手機 App 為什麼不能在電腦上用，是因為手機和電腦的「作業系統」（operating system）不同的關係。

➤ 我只知道申請獎學金需要成績單，**至於**需不需要讀書計畫，我就不清楚了。

➤ 風力發電是很環保的發電方式，**至於**要成為主要的電力來源，目前還很困難。

練習

① 老師要我們寫一個對話當報告，至於 _____，他讓我們自己決定。

② A：辦居留證除了需要護照，還需要學生證嗎？

　　B：我知道 _____，至於 _____。

6. 因為⋯⋯的關係 yīnwèi... de guānxì　because of

「因為⋯⋯的關係」表示事情的原因。「因為」和「的關係」中間可以是名詞、動詞、短語或句子。「因為⋯⋯的關係」有兩種用法，第

一種是放在兩個分句的第一句，後面的句子常常用「所以」開始，表示結果。第二種用法是在短語前面加上「是」，放在第二分句表示前述事件的原因。

➤ 至於手機 App 為什麼不能在電腦上用，是**因為**手機和電腦的「作業系統」（operating system）不同**的關係**。

➤ 我幫你是**因為**你是我好朋友**的關係**。換成別人，我才不幫。

➤ **因為**颱風要來**的關係**，（所以）我們明天不用上班了。

練習

① 下星期五不用上課是因為 ＿＿＿＿＿＿＿＿＿＿＿＿＿＿ 的關係。

② A：聽說明天的比賽取消了，為什麼？

　　B：＿＿＿＿＿＿＿＿＿＿＿＿＿＿＿＿＿＿＿。

7. 簡單地說 Jiǎndān de shuō　to put it simply; simply put

說話的人認為前面的話比較複雜或難懂，就說「簡單地說」，然後用接收訊息的人容易懂的說法再說明一遍。

➤ A：智慧型手機普及以後，從專屬商店安裝的應用程式就通稱「App」了。

　　B：**簡單地說**，程式設計師使用程式語言編寫原始碼，再用編譯器把原始碼編成執行檔，編好的執行檔就可以交給機器執行了。

➤ A：3D 列印是怎麼印出東西來的？

　　B：這個問題很複雜。**簡單地說**，在電腦設計好設計圖，再傳送到 3D 印表機，就印出來了。

➤ A：風力要怎麼發電呢？

　　B：**簡單地說**，就是把風能轉換成機械能，機械能再帶動發電機發電。

練習

① A：請問「一分錢一分貨」是什麼意思？

　 B：簡單地說，「一分錢一分貨」就是 ＿＿＿＿＿＿＿＿＿＿＿＿

　　　的意思。

② A：校長在新學生歡迎會上的演講，有很多句子我沒聽懂。

　 B：簡單地說，＿＿＿＿＿＿＿＿＿＿＿＿＿＿＿＿＿＿＿。

8. 當……的時候 dāng...de shíhòu　at that time, at the time when

「當……的時候」用來表示一件事在某種情況下發生。「當……的時候」表示那個情況，「當」和「的時候」之間常常是一個小句。

➢ 設計軟體的過程中最麻煩的事情就是要除錯，特別是**當**原始碼不是自己寫**的時候**。

➢ 小孩子一有機會就想吃速食，尤其是**當**父母不在家**的時候**。

➢ **當**小王第一次穿上義肢**的時候**，他開心得哭了。

練習

① 當 ＿＿＿＿＿＿＿＿＿ 的時候，我就會想起家人。

② A：最近火鍋店的生意特別好，是不是因為天氣越來越冷的關係？

　 B：是啊，＿＿＿＿＿＿＿＿＿＿＿＿＿＿＿＿＿＿＿。

9. 既然 jìrán　since; as; this being the case

「既然」是一個連詞。說話者用「既然」帶出一個已經知道或接受的一個情況，然後用下一個句子提出問題、計畫或是建議。

➢ **既然**你不願意在手機上安裝這個 App，電腦又不支援，那你要怎麼記生詞啊？

➢ **既然**你已經知道了，我就不用再說了。

➤ **既然**你對基改食物（genetically modified food）不放心，那就別吃吧！

練習

① 既然 _____，就一定要做到。

② A：參加不參加這個研討會，我還得再想想。

B：既然 _____，就 _____。

七、近似詞（Synonyms）

1.	溫馨	溫暖	2.	測驗	考試
3.	簡單	容易	4.	普及	普遍
5.	執行	實行／施行	6.	仔細	細心

八、綜合練習（Exercises）

（一）重述練習

1. 請問 App 是什麼？

App的全名是application program，中文叫_____，也叫_____，是為了_____，比如_____、_____、_____，都算是_____。智慧型手機普及以後，_____。

2. 「App」是怎麼做出來的？

簡單地說，程式設計師使用_____，再用_____，編好的執行檔就_____了。

（二）詞語填空

1.

細心	預期	布置	耐心	結果
希望	過程	仔細	測驗	檢查

小張為了通過中文能力＿＿＿＿，每天到圖書館念書，找朋友練習說中文。他＿＿＿＿自己能考九十分，但是考試的＿＿＿＿讓他失望了，他只考了七十分。他覺得很奇怪，題目他都懂，為什麼沒考好？他＿＿＿＿想了想，在考試的＿＿＿＿中，可能是因為沒＿＿＿＿，沒把題目看完就寫答案，又沒有再＿＿＿＿一遍，所以才沒考好。

2.

智慧型	執行	步驟	輸入	檢查
目的	安裝	設計	布置	普及

王先生記得第一次用 ＿＿＿＿ 手機時，連開機都不會，還是他女兒把開機的 ＿＿＿＿ 教了好幾遍，他才學會。現在不管是照相、＿＿＿＿ 簡訊，或是 ＿＿＿＿ 軟體，對王先生來說都不是問題，他有時候還能教別人呢！這讓他對手機軟體越來越有興趣，也讓他想學習 ＿＿＿＿ 手機軟體了。

（三）問答練習

1. 你朋友的手機壞了，想買手機，但是他不知道該買哪種，請你給他一些建議。

（是）因為⋯⋯的關係， （所以）⋯⋯	為了⋯⋯而⋯⋯	至於
作業系統	容量	檢查

2. 要是你朋友沒申請上研究所，你要怎麼安慰他？

既然……	轉換	目的
為了……而……	過程	結果

九、課後活動（Extension Activties）

（一）問題討論

1. 你用手機上的應用軟體來學習語言嗎？為什麼？

2. 你最常用的 App 是什麼？請你介紹一下。

3. 要是你是軟體設計師，你想設計什麼軟體？

（二）任務

應用軟體的種類很多，其中一種是交友軟體。現在有很多人透過這種軟體認識另一半，也有很多人不喜歡。請你找三個朋友訪問他們對交友軟體的看法，然後上台報告。

- 使用過交友軟體嗎？
- 如果沒有，你願意試試看嗎？如果不願意，為什麼？
- 你對交友軟體有什麼看法？

（三）主題報告

調查：請你列出今年貴國手機軟體下載排行榜的前十名，然後給同學介紹一個最特別的應用軟體。

機率與統計

一、主題引導（Guide Questions）

1. 你有沒有買過樂透或是彩券？你認為樂透或彩券中獎機率高嗎？
2. 你們國家的平均月薪是多少呢？男性和女性有差別嗎？

二、課文摘要（Synopsis）

金永淑看到一本雜誌，上面介紹了台北迪化街，迪化街上有一個霞海城隍廟，很多人都會去那裡拜月下老人，希望月下老人幫自己找到結婚對象。聽說那裡的月下老人特別厲害，去廟裡拜過的香客，每六位就有一位實現願望。金永淑打算這個週末就跟陳若萱一起去霞海城隍廟，請月下老人幫她簽紅線。

三、對話（Dialogue）

金永淑：若萱，這本雜誌上介紹台北迪化街，好像很有意思。你要不要
　　　　看一下？

陳若萱：好啊！

金永淑：雜誌上說迪化街上有一個霞海城隍廟，很多人都會去那裡拜拜。

陳若萱：對啊，那裡最有名的就是月下老人。傳說月下老人會幫大家找
　　　　到結婚對象。

金永淑：月下老人真的那麼厲害嗎？

陳若萱：真的！我聽過一位數學教授的分析。這位教授說，2006 年到
　　　　2015 年一共有 6 萬 6 千多對夫婦來還願，光是 2008 年就有超
　　　　過 9 千對夫婦來還願。以霞海城隍廟一天開放 13.5 小時來說，
　　　　平均每小時就牽起 1.5 條紅線。

金永淑：你說得很清楚，可是我還是不太懂這個數據的意思。

陳若萱：換個方式來說，從 2006 年到 2015 年，全台灣有 130 萬對男女結婚，平均起來，去霞海城隍廟還願的夫婦大約是全台灣新婚夫婦的百分之五，也就是說，每 20 對夫婦就有一對到霞海城隍廟去謝謝月下老人。

金永淑：那我們去拜拜的話，找到白馬王子的機率到底高不高啊？

陳若萱：高啊！根據旅遊網的資料，每六位香客就有一位實現願望。你想不想去啊？

金永淑：想啊！我們這個週末就去。

陳若萱：好啊！希望月下老人快點幫你找到理想對象。你的理想對象是什麼樣子？

金永淑：我希望他長得帥，收入高，個性好，對我很溫柔，而且做菜做得好吃，還有……

陳若萱：喂！金永淑！我看你是在做夢吧！不過，我最近在網路上看到一個非官方的統計數據，台灣男人的平均身高是 174.5 公分。說到薪水，我看到的官方資料，2016 年從事工業和服務業的人，每個月的薪資中位數是 40612 元。

金永淑：等一下，中位數是什麼？

陳若萱：我怕我說得不清楚，上網查資料吧！（拿出手機來）你看，網路上說：「計算有限多個數據中位數的方法，是把所有的同類數據按照大小的順序排列。如果數據的個數是奇數，則中間那個數據就是這群數據的中位數；如果數據的個數是偶數，則中間那兩個數據的算術平均數就是這群數據的中位數。」

金永淑：如果我知道五個人的薪水是多少，就先按照薪水的高低排序，然後第三個人的薪水就是這五個人的薪資中位數。是不是這個意思？

陳若萱：沒錯。有人的薪水很高，有人的很低，想知道大部分人的月薪，用中位數就比用算術平均數有意義多了。因為中位數不會受到

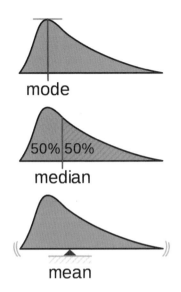

圖片來源：維基百科網頁 https://commons.wikimedia.org/wiki/File:Visualisation_mode_median_mean.svg

極端數值的影響，換句話說，中位數不必計算最高跟最低的兩個數值。

金永淑：了解了，我應該想辦法找幾個長得好看，個性不錯的男生，再看誰的薪水比中位數高，然後……

陳若萱：我看你就別為難月老了！

四、學科主題詞彙（Subject Vocabulary）

	數據	shùjù	N	data
1.	我最近在網路上看到一個非官方的統計**數據**，台灣男人的平均身高是 174.5 公分。			
	在得到實驗**數據**後，接下來要做的就是用統計方法來分析數據。			
2.	**統計**	tǒngjì	V/N	to count, to add up, statistics
	我最近在網路上看到一個非官方的**統計**數據。			

3.	根據**統計**，2019 年有大約一千一百萬人來台旅行。			
	中位數	zhōngwèishù	N	median
	2020 年台灣人年薪的**中位數**是 49.8 萬元。			
4.	個數	gèshù	N	cardinality
	台灣人拜拜的時候，準備的每種水果**個數**不是三個就是五個。			
5.	奇數	jīshù	N	odd number
	3、5、7、9、11 是**奇數**；2、4、6、8 是偶數。			
6.	偶數	ǒushù	N	even number
	華人喜歡的**偶數**是 2、6 跟 8。			
7.	算術	suànshù	N	arithmetic, mathematics (as a primary school subject)
	有一位教授研究發現用中文學**算術**比用英文簡單。			
8.	平均數	píngjūnzhí	N	average, mean
	把一些數字加起來，然後再除以這些數字的個數就可以得到**平均數**。			
9.	算術平均數	suànshù píngjūnshù	N	arithmetic average, arithmetic mean
	一般來說，**算術平均數**也叫做平均數。			
10.	數值	shùzhí	N	numerical value
	得到研究的**數值**以後，還要知道怎麼看這個**數值**的意義。			

五、專有名詞（Proper Noun）

1.	迪化街	Díhuà Jiē	a street in Taipei City

2.	霞海城隍廟	Xiáhǎi Chénghuáng miào	Taipei Xia-Hai City God Temple Chénghuáng (deity in Chinese folk religion)
3.	月下老人	yuèxiàlǎorén	a deity concerned with marriage in Chinese folk religion, matchmaker
4.	牽紅線	qiān hóngxiàn	to play Cupid for, set sb. up with
	傳說月下老人會幫人**牽紅線**，也就是找對象。		
5.	白馬王子	báimǎwángzǐ	Prince Charming
	歐洲童話故事裡的男主角大多是**白馬王子**。		
6.	維基百科	Wéijī Bǎikē	Wikipedia (online encyclopedia)

六、詞彙（Vocabulary）

1.	拜拜	bàibai	Vi	(Taiwan and Southern Fujian) religious ceremony in which offerings are made to a deity
	雜誌上說迪化街上有一個霞海城隍廟，很多人都會去那裡**拜拜**。			
	有些人去**拜拜**的時候，會準備鮮花、水果。			
2.	傳說	chuánshuō	V/N	it is said, legend, folklore
	傳說月下老人會幫大家找到結婚對象。			
	「嫦娥奔月」、「后羿射日」等等都是中國古老的**傳說**。			
3.	結婚	jiéhūn	Vp-sep	to marry, to get married

	傳說月下老人會幫大家找到**結婚**對象。			
	王先生明天就要**結婚**了。			
4.	**對象**	duìxiàng	N	marriage partner, boy-friend, girlfriend, target
	傳說月下老人會幫大家找到結婚**對象**。			
	這個調查的研究**對象**是有糖尿病家族史的健康成人。			
5.	**分析**	fēnxī	N/V	analysis; to analyze
	我聽過一位數學教授的**分析**。這位教授說，2006 年到 2015 年一共有 6 萬 6 千多對夫婦來還願。			
	小張雖然把實驗做完了，可是還沒**分析**出那些數據的意義，讓他很頭痛。			
6.	**夫婦**	fūfù	N	husband and wife, mar-ried couple
	2006 年到 2015 年一共有 6 萬 6 千多對**夫婦**來還願。			
	皮耶爾・居里（Pierre Curie）與瑪麗・居里（Marie Salomea Skło-dowska Curie）是第一對獲得諾貝爾獎的科學家**夫婦**。			
7.	**還願**	huányuàn	Vp-sep	to redeem a vow (to a deity)
	2006 年到 2015 年一共有 6 萬 6 千多對夫婦來**還願**。			
	他和太太打算帶著喜餅去月老廟**還願**，謝謝月老。			
8.	**超過**	chāoguò	Vpt	exceed

| 2006 年到 2015 年一共有 6 萬 6 千多對夫婦來還願，光是 2008 年就有**超過** 9 千對夫婦來還願 |||||
| 那個國家離岸風機發電量可**超過** 1100 萬度。 |||||

9.	**開放**	kāifàng	V	to open
	以霞海城隍廟一天**開放** 13.5 小時來說，平均每小時就牽起 1.5 條紅線。			
	台灣目前還沒有**開放**種植基改作物。			

10.	**平均**	píngjūn	Vs	average
	以霞海城隍廟一天開放 13.5 小時來說，**平均**每小時就牽起 1.5 條紅線。			
	小張這學期的**平均**成績差一點不及格。			

11.	**方式**	fāngshì	N	way, method, manner
	換個**方式**來說，從 2006 年到 2015 年，全台灣有 130 萬對男女結婚，平均起來，去霞海城隍廟還願的夫婦大約是全台灣新婚夫婦的百分之五。			
	要是這個**方式**行不通，就換另外一個吧！			

12.	**大約**	dàyuē	Adv	approximately, probably
	那所學校的國際學生**大約**占全校學生的百分之三十五。			
	我從 16 歲開始學中文一直到現在，**大約**學了十年了。			

13.	**新婚**	xīnhūn	Vs-attr	newly wed
	大部分的**新婚**夫婦會安排蜜月旅行。			

	海島蜜月旅行非常受到**新婚**夫婦的歡迎。			
14.	**百分之**	bǎifēnzhī	Ph	percent
	我們學校**百分之**六十以上的學生都參加社團了。			
	根據官方統計數據，這個國家超過**百分之**九十七的進口黃豆都是基因改造黃豆。			
15.	**機率**	jīlǜ	N	probability, odds (common in Taiwan)
	如果不小心把手機弄丟了，找回來的**機率**高不高？			
	全球人口被雷打到的**機率**，計算出來大約爲一百七十五萬分之一。			
16.	**旅遊**	lǚyóu	N/Vi	travel; to travel
	放假的時候，不少父母會帶孩子出門**旅遊**。			
	「打工度假」讓很多年輕人可以一邊**旅遊**一邊賺旅費。			
17.	**資料**	zīliào	N	data, information, profile (Internet)
	根據旅遊網的**資料**，許多人喜歡選擇離車站近的旅館。			
	小王在圖書館查**資料**的時候，發現了一百多年前的買賣合約。			
18.	**香客**	xiāngkè	N	pilgrim
	根據旅遊網的資料，每六位**香客**就有一位實現願望。			
	有些自助旅行的背包客爲了省錢，常住寺廟的**香客**大樓。			
19.	**實現**	shíxiàn	V	(a desire) to realize, (a dream) to come true

	根據旅遊網的資料，每六位香客就有一位**實現**願望。			
	小王認爲只要努力，就沒有**實現**不了的夢想。			
	願望	yuànwàng	N	desire, wish
20.	根據旅遊網的資料，每六位香客就有一位實現**願望**。			
	你今年許下了什麼生日**願望**？			
	理想	lǐxiǎng	Vs	ideal, perfect
21.	希望月下老人快點幫你找到**理想**對象。			
	在**理想**的情形下，這個計畫的經費在今年底都很充裕。			
	收入	shōurù	N	income, revenue
22.	因爲我是學生，我的**收入**大部分來自獎學金。			
	王先生除了薪水外，還有租金、股票利息等**收入**。			
	個性	gèxìng	N	personality
23.	大家都希望自己的對象**個性**好，收入高。			
	小王的**個性**不怎麼好，所以同學都不喜歡跟他一起做報告。			
	溫柔	wēnróu	Vs	gentle and soft, tender
24.	我希望我的對象個性好，對我很**溫柔**，而且做菜做得好吃。			
	他說話的聲音聽起來很**溫柔**，也有魅力。			
25.	**做夢**	zuòmèng	V-sep	to dream, to have a dream

	A：我希望我的對象長得帥，收入高，個性好，對我很溫柔，而且做菜做得好吃。還有…… B：喂！金永淑！我看你是在**做夢**吧！			
	人睡覺的時候都會**做夢**。			
26.	**非**	fēi	Vs-attr	non-
	我最近在網路上看到一個**非**官方的統計數據，台灣男人的平均身高是 174.5 公分。			
	這個東西是**非**賣品。			
27.	**官方**	guānfāng	Vs-attr	official (approved or issued by an authority)
	說到薪水，我看到的**官方**資料，2016 年從事工業和服務業的人，每個月的薪資中位數是 40612 元。			
	根據**官方**統計，台灣 2018 年的出生率為平均每個婦女只生下 1.06 個孩子。			
28.	**身高**	shēngāo	N	(a person's) height
	他十歲的時候，**身高** 140 公分。			
	健康檢查以前都會先測量**身高**和體重。			
29.	**薪水**	xīnshuǐ	N	salary, wage
	說到**薪水**，我看到的官方資料，2016 年從事工業和服務業的人，每個月的薪資中位數是 40612 元。			
	那家公司上個月好像出了一點問題，**薪水**差一點就發不出來了。			

	從事	cóngshì	Vst	[formal] to do, to go for, to engage in, to undertake
30.	說到薪水，我看到的官方資料，2016 年**從事**工業和服務業的人，每個月的薪資中位數是 40612 元。			
	你畢業以後想**從事**什麼工作？			
	服務業	fúwùyè	N	service industry
31.	說到薪水，我看到的官方資料，2016 年從事工業和**服務業**的人，每個月的薪資中位數是 40612 元。			
	廚師、美髮師、公車司機都是**服務業**。			
	薪資	xīnzī	N	salary
32.	說到薪水，我看到的官方資料，2016 年從事工業和服務業的人，每個月的**薪資**中位數是 40612 元。			
	張先生的理想**薪資**是一個月七萬元以上。			
	計算	jìsuàn	V	to count, to calculate, to compute
33.	**計算**有限多個數據中位數的方法，是把所有的同類數據按照大小的順序排列。			
	你知道這家公司的薪資是怎麼**計算**的嗎？			
	有限	yǒuxiàn	Vs	limited, finite
34.	計算**有限**多個數據中位數的方法，是把所有的同類數據按照大小的順序排列。			

	「贈品**有限**，送完爲止」的意思就是商店的贈品只有那麼多，送完就沒有了。			
35.	**同類**	tónglèi	N	same type, same kind
	計算有限多個數據中位數的方法，是把所有的**同類**數據按照大小的順序排列。			
	有些網站可以幫顧客比較**同類**商品的價格。			
36.	**順序**	shùnxù	N	sequence, order
	計算有限多個數據中位數的方法，是把所有的同類數據按照大小的**順序**排列。			
	這疊資料是按照時間**順序**整理好的。			
37.	**排列**	páiliè	V	to array, to arrange, to range
	計算有限多個數據中位數的方法，是把所有的同類數據按照大小的順序**排列**。			
	麻煩你把書架上的書都**排列**整齊。			
38.	**群**	qún	M	group, crowd
	中間那兩個數據的算術平均數就是這**群**數據的中位數。			
	這一**群**鳥要飛到南方去過冬。			
39.	**排序**	páixù	V-sep	to sort, to arrange in order
	如果我知道五個人的薪水是多少，就先按照薪水的高低**排序**，然後第三個人的薪水就是這五個人的薪資中位數。			

	這本論文的參考資料是按照時間來**排序**的。			
40.	**月薪**	yuèxīn	N	monthly income
	想知道大部分人的**月薪**，用中位數就比用算術平均數有意義多了。			
	有的公司發的是**月薪**，有的發的是雙週薪。			
41.	**意義**	yìyì	N	sense, meaning
	想知道大部分人的月薪，用中位數就比用算術平均數有**意義**多了。			
	念書的**意義**是什麼？			
42.	**受到**	shòudào	Vpt	a passive Marker, 受到……的影響 , to be influenced by, affected by
	中位數不會**受到**極端數值的影響。			
	受到地震的影響，鐵路暫停載客。			
43.	**極端**	jíduān	Vs	extreme
	中位數不會受到**極端**數值的影響。			
	受到**極端**氣候的影響，那個冰川已經消失了。			
44.	**為難**	wéinán	Vst	put someone in an awkward position
	我的老闆很好，從來不**為難**我們。			
	前女友邀請我參加她的婚禮，讓我感到很**為難**。			

七、句型（Sentence Patterns and Constructions）

1. 光（是）N/V（O）就 guāngshì...jiù　solely; just

「光（是）N/V（O）就」通常用來強調數量和程度。說話者表示在較小的數量或較低的程度範圍內，相關事物發生的數量或程度超過預期。「光（是）」的後面是時間、空間範圍、特定的人或有限的事物，「就」的後面表示在前面說到的範圍或對象之內，相關事物的數量。

➤ 2006 年到 2015 年一共有 6 萬 6 千多對夫婦來還願，**光是** 2008 年就有超過 9 千對夫婦來還願。

➤ 那個地方常常發生地震，**光是**昨天就有十次有感地震。

➤ 這裡的物價很高，**光是**一小碗麵就要一百五十塊了。

練習

① 小王特別愛吃速食，光是這個星期就 ＿＿＿＿＿＿＿＿＿＿＿＿＿＿＿。

② 這家餐廳太貴了，光是 ＿＿＿＿＿＿＿＿＿＿＿＿＿＿＿＿＿。

2. 也就是說 yějiùshìshuō　in other words; that is to say, so; thus

「也就是說」是一個語篇標記。常用來補充說明前面提到的事情。在「也就是說」的後面是為了把事情說明得更清楚的內容。

➤ 去霞海城隍廟還願的夫婦大約是全台灣新婚夫婦的百分之五，**也就是說**，每 20 對夫婦就有一對到霞海城隍廟去謝謝月下老人。

➤ 很多人吃素的原因都不一樣，**也就是說**，現代人不再只是因爲宗教而吃素了。

➤ 這封電郵說，要是因爲今天下大雪來學校的路上可能很危險，就可以請假。**也就是說**，我們得看情形自己決定要不要去學校。

練習

① A：那位先生看起來六十多歲了，為什麼今天慶祝十六歲生日呢？

B：別忘了，今天是二月二十九號。也就是說，＿＿＿＿＿＿＿。

② A：我已經修了一百二十個學分了，厲害吧！

B：畢業學分是一百二十八個，＿＿＿＿＿＿＿＿＿＿。

3. 到底 dàodǐ　after all; to the end; to the last

本課的「到底」用在詢問，通常放在問句的動詞前面。說話者因為對先前得到的訊息不滿足或有疑問而更想知道事情實際的情況。到底不可和「嗎」一起使用。

➢ 那我們去拜拜的話，找到白馬王子的機率**到底**高不高啊？

➢ 你一下子說要去，一下子又說不要去，那麼你**到底**要不要去？

➢ 那個實驗報告上個星期就應該要交給教授了，你**到底**交了沒有？

練習

① 你說我們以前見過面，可是我不記得了，我們到底＿＿＿＿＿＿？

② 你一下說要吃牛肉麵，一下說要吃蛋炒飯，你＿＿＿＿＿＿？

4. 根據 gēnjù　according to; based on

本課的「根據」是一個介詞，通常放複句中第一個句子的句首，用來提出第二個句子裡的訊息的來源。

➢ **根據**旅遊網的資料，每六位香客就有一位實現願望。

➢ **根據**觀測資料，明天下雪的機率是百分之八十。

➢ **根據**最新的數據，這一個月來已經有一百五十個因為流感重症而死亡的案例。

練習

① A：你說這個國家的能源有百分之七十依賴風力發電。你的根據是什麼？

　B：你看一下。根據 _____，這個國家的能源的確有百分之七十依賴風力發電。

② A：這個城市有一千多座寺廟，是真的嗎？

　B：沒錯，_____。

5. 按照 ànzhào　according to; in accordance with; in the light of; on the basis of

「按照」是一個介詞，加上名詞或名詞組成為介賓短語，作為表示後面的動詞做事的方法。一般加上雙音節以上的名詞。

➤ 如果我知道五個人的薪水是多少，就先**按照**薪水的高低排序，然後第三個人的薪水就是這五個人的薪資中位數。

➤ **按照**實驗室的規定，每個人都得先戴護目鏡再做實驗。

➤ 這個城市的人都**按照**規定把可以回收的資源分成五類。

練習

① 小王的書架上的書都是 _____ 排好的，所以找書很容易。

② A：請問，你們這兒的音樂課怎麼算學費？

　B：_____。

6. 如果……則…… rúguǒ... zé...　If..., then...

「則」是副詞，有「就」的意思，常放在表示條件的詞語或小句之後，連接後面的訊息。

➢ **如果**數據的個數是奇數，**則**中間那個數據就是這群數據的中位數。

➢ 參加比賽需年滿十八歲，**如果**未滿十八歲**則**不可參加比賽。

➢ **如果**獎學金學生考試沒通過，**則**可能被取消獎學金。

練習

① 新冠肺炎期間，如果沒有戴口罩，則 ＿＿＿＿＿＿＿＿＿ 。

② 學校的社團很多，如果對 ＿＿＿＿＿＿ 興趣，則可以 ＿＿＿＿＿＿ ；

如果對 ＿＿＿＿＿＿ 有興趣，則可以 ＿＿＿＿＿＿ 。

八、近似詞（Synonyms）

1.	數據	資料	2.	方式	方法
3.	大約	差不多	4.	根據	按照
5.	願望	希望	6.	薪水	薪資
7.	計算	算	8.	意義	意思

九、綜合練習（Exercises）

（一）重述練習

1.為什麼大家都說霞海城隍廟的月下老人很厲害？

＿＿＿＿＿＿年到 ＿＿＿＿＿＿年一共有 ＿＿＿＿＿＿＿＿＿ ，

光是 ＿＿＿＿＿＿＿年就有超過 ＿＿＿＿＿＿＿＿＿ 。

以 ＿＿＿＿＿＿來說，平均每 ＿＿＿＿＿就 ＿＿＿＿＿＿ 。

2.請問中位數該怎麼計算？

＿＿＿＿＿＿＿＿＿＿＿ ，是把 ＿＿＿＿＿＿＿＿按照

＿＿＿＿＿＿＿＿＿ 排列。如果 ＿＿＿＿＿＿是 ＿＿＿＿＿＿ ，

則 ＿＿＿＿＿＿＿＿就是 ＿＿＿＿＿＿ ；如果 ＿＿＿＿＿＿是

＿＿＿＿＿＿＿，則 ＿＿＿＿＿＿＿ 就是 ＿＿＿＿＿＿＿。

（二）詞語填空

1.

白馬王子	收入	實現	分析	個性
有限	溫柔	理想	夫婦	牽紅線

金永淑希望月下老人能幫她 ＿＿＿＿＿＿＿ 願望，找到自己的 ＿＿＿＿＿＿＿，她希望她的 ＿＿＿＿＿＿＿ 對象長得很高，＿＿＿＿＿＿＿ 也很高，又帥 ＿＿＿＿＿ 又好，對她還很 ＿＿＿＿＿。

2.

計算	結婚	也就是說	百分之	占
平均	按照	大約	根據	則

最近幾年，台灣的 ＿＿＿＿＿ 率下降，初婚年齡也越來越晚，＿＿＿＿＿ 官方資料，在 2019 年，台灣男性的 ＿＿＿＿ 初婚年齡為 32.6，＿＿＿＿ 比十年前晚了一年。台灣的 20-40 歲的男性目前有三百四十萬人，但是未婚男性有兩百四十萬人，＿＿＿＿ 了全台灣 20-40 歲男性的 ＿＿＿＿ 七十，＿＿＿＿＿，在台灣，20-40 歲的青年男性，每十位可能就有三位未婚。

（三）問答練習

1. 金永淑的理想對象是什麼樣的？你覺得她能不能找到理想對象？如果你是陳若萱，你會給她什麼建議？

個性	實現	溫柔
收入	白馬王子	身高

2. 一天有二十四個小時，你每天都在做什麼呢？睡覺花了多長時間？上課又花了多長時間呢？請給大家說一下你每天的時間分配。

占	光是	平均
大約	超過	也就是說

十、課後活動（Extension Activities）

（一）問題討論

1. 你去過月下老人廟嗎？你相信月下老人能幫人找到結婚對象嗎？你想對月下老人說什麼？
2. 請你說一說心中理想的工作。你想在什麼公司工作？月薪多少錢？你覺得有可能實現嗎？

（二）任務

1. 每年都有許多遊客到世界各地旅行，請你上網查一查去年到你們國家旅遊的遊客人數有多少？在這些旅客當中，哪個國家的旅客最多？台灣的旅客有多少？
2. 在你們國家，大學生畢業以後都從事什麼工作呢？請你查一查你們國家大學畢業生就業和薪資的情況。

（三）主題報告

請你選擇下面的一個題目，或是自己想一個題目製作一份問卷，調查朋友、同學或是網友的意見，寫成一份報告，最後上台跟大家分享你的調查結果。

旅遊喜好	運動習慣	消費習慣	飲食

3D 列印

一、主題引導（Guide Questions）

1. 你知道什麼是 3D 列印嗎？
2. 你用過 3D 列印作出來的東西嗎？
3. 如果你有 3D 印表機，你想用來做什麼？

二、課文摘要（Synopsis）

　　林子軒和陳浩德念不同的科系，但是因為都選了德文課而成了好朋友。子軒在浩德家討論報告時，看見一個 3D 列印的模型，忍不住跟陳浩德問起 3D 列印。浩德跟子軒說明 3D 列印指的是任何列印三維物體的過程。列印的方式很多，要利用 3D 列印製作東西以前，應該先想好最合適的列印方式。

　　決定了列印方式以後，利用設計軟體或是三維掃描器，在電腦上建立 3D 模型，然後檢查模型有沒有錯誤，再利用切片軟體轉換成一系列薄層，最後傳送到 3D 印表機，就能印出來了。

　　浩德也告訴子軒 3D 列印能應用到很多領域，改善生活。

三、對話（Dialogue）

（林子軒在陳浩德家討論報告。子軒看到客廳的桌子上放著一個模型。）

林子軒：好特別的模型！是在哪裡買的？

陳浩德：是我自己設計，再請 3D 列印公司印出來的。

林子軒：我以為是你自己組裝的呢！為什麼不自己印，要請 3D 列印公司印呢？

陳浩德：當然是錢的問題啊！3D 印表機太貴了，不是一般人買得起的，所以要是想要印設計好的 3D 模型，可以請 3D 列印公司印。

林子軒：那是怎麼印的啊？

陳浩德：來來來，我先告訴你什麼是 3D 列印。3D 列印指的是任何列印三維物體的過程，也叫增材製造或是積層製造，簡單地說，就是一個從建模到列印，再完成的過程。

林子軒：那怎麼建模呢？

陳浩德：首先，利用設計軟體或是三維掃描器，在電腦上建立 3D 模型，然後檢查模型有沒有錯誤，比如說各個表面有沒有連接好，再利用切片軟體轉換成一系列薄層，最後傳送到 3D 印表機。

林子軒：這樣就可以印了嗎？

陳浩德：這樣說基本上是沒錯，不過 3D 列印的列印方式其實有很多種，用什麼材料印，用哪一種印表機，都會影響列印的方式。所以，要利用 3D 列印製作東西以前，也要想想哪種列印方式最合適。

林子軒：天哪！好複雜！

陳浩德：那我就先給你介紹一種最常見的列印方式：熔融沉積成型（FDM）技術吧。製作的方法是用熱塑性塑膠、橡膠、陶瓷等等可以馬上硬化產生分層的材料，先讓印表機把材料輸送到擠壓噴嘴，然後用擠壓噴嘴把材料加熱輸出，最後，印表機就會根據 3D 模型設計印出成品。

作者：Jan Beránek
圖片來源網頁：https://commons.wikimedia.org/wiki/File:3D_printing_of_face_shields.jpg

林子軒：3D 列印只能用來製作模型嗎？

陳浩德：不是，3D 列印能應用在很多領域。以醫學工程來說，有醫療團隊在病人要動心臟手術以前，先利用 3D 列印製作病人的心臟讓醫生模擬，這樣就能讓手術的成功率變高。另外，還有醫生利用 3D 列印製作支氣管支架，幫助先天支氣管有問題的嬰兒正常呼吸。除此之外，3D 列印製作的義肢也幫助過一位失去手掌的女孩成功打球呢！

林子軒：聽起來 3D 列印對醫學工程的幫助真多！說到義肢，傳統義肢跟 3D 列印的義肢有什麼不一樣？

陳浩德：利用 3D 列印製作義肢，成本只有傳統義肢的十分之一，而且製作的時間也短了很多。

林子軒：那也許就能幫助更多身障人士了。

陳浩德：是啊！（看一下手錶）我們光聊天，都忘了你今天是來找我寫報告的。時間不早了，我們該討論報告了。

四、學科主題詞彙（Subject Vocabulary）

1.	列印	lièyìn	V	to print out
	印	yìn	V	to print
	這個模型是我自己設計，再請 3D 列印公司印出來的。			
2.	三維	sānwéi	N	three dimension, 3D
	3D 列印指的是任何列印三維物體的過程。			
3.	增材製造	zēngcái zhìzào	N	Additive Manufacturing, AM
	3D 列印指的是任何列印三維物體的過程，也叫增材製造或是積層製造。			
4.	製造	zhìzào	V	to manufacture, to make

	買食品的時候，一定要看**製造**日期。			
5.	**積層製造**	jīcéng zhìzào	N	Laminated Manufacturing, LM
	3D 列印也叫增材製造或是**積層製造**。			
6.	**建模**	jiàn mó	V-sep	modeling
	建模就是建立模型的簡稱。因為 3D 列印發展得很快，**建模**軟體也越來越多了。			
7.	**掃描器**	sǎomiáoqì	N	scanner
	以前的**掃描器**只能掃描文件、照片，現在 3D **掃描器**可以直接製造東西。			
8.	**切片軟體**	qiēpiàn ruǎntǐ	N	slicer
	目前用的最多的 3D 列印**切片軟體**是免費的。			
9.	**薄層**	bócéng	N	thin layer, thin slice, film, lamina, lamella
	科學家最近製造出一種**薄層**的電子皮膚，在醫學上很有用。			
10.	**熔融沉積成型**	róngróng chénjī chéng xíng	N	fused deposition modeling, FDM
	目前最常見的 3D 列印技術是**熔融沉積成型**技術。			
11.	**分層**	fēncéng	N	lamination, layering, stratification, delamination
	老師正在教小學生怎麼用水來做顏色的**分層**實驗。			
12.	**熱塑性塑膠**	rèsùxìng sùjiāo	N	thermoplastic
	熱塑性塑膠、橡膠、陶瓷都是 3D 列印時常用的材料。			
13.	**輸送**	shūsòng	V	to transport, to convey
	這條**輸送**石油的油管破了，造成附近環境的嚴重污染。			
14.	**噴嘴**	pēnzuǐ	N	nozzle, extrusion nozzle

	如果瓶子的**噴嘴**噴不出東西來，就應該檢查**噴嘴**是不是髒了。			
15.	**輸出**	shūchū	V	to output
	這是最新的高速印表機，**輸出**的速度是每秒鐘 40 頁。			

五、詞彙（Vocabulary）

1.	**模型**	móxíng	N	model, mold
	這個**模型**是我自己設計，再請 3D 列印公司印出來的。			
	我想用這些特別的外國舊郵票跟你換**模型**船。			
2.	**設計**	shèjì	V/N	to design
	這個模型是我自己**設計**，再請 3D 列印公司印出來的。			
	小王**設計**的遊戲不但好玩，而且還免費，很受歡迎。			
3.	**組裝**	zǔzhuāng	V	to assemble and install
	我還以為這個模型是你自己**組裝**的呢！			
	現在很多汽車都是在某一個地方製造，另一個地方**組裝**。			
4.	**印表機**	yìnbiǎojī	N	printer
	3D **印表機**太貴了，不是一般人買得起的。			
	噴墨**印表機**的成本雖然比較低，但是墨水盒並不便宜。			
5.	**任何**	rènhé	Det	any
	3D 列印指的是**任何**列印三維物體的過程。			
	你如果有**任何**問題，都可以問我。			
6.	**物體**	wùtǐ	N	object, body, substance
	3D 列印指的是任何列印三維**物體**的過程。			

	昨天晚上天空出現了不明（unknown）**物體**，大家都以爲是外星人（alien）。			
	過程	guòchéng	N	process
7.	3D 列印指的是任何列印三維物體的**過程**。			
	這次實驗的**過程**很順利，很快就得到了結果。			
	完成	wánchéng	Vpt	to complete, to accomplish
8.	簡單地說，3D 列印就是一個從建模到列印，再**完成**的過程。			
	我們最多兩個月就能**完成**這個實驗。			
	首先	shǒuxiān	Adv	first (of all)
9.	**首先**，利用設計軟體或是三維掃描器，在電腦上建立 3D 模型，然後檢查模型有沒有錯誤，再利用切片軟體轉換成一系列薄層，最後傳送到 3D 印表機。			
	想知道中位數是多少，**首先**要把數據按照大小順序排好。			
	利用	lìyòng	V	to use, to utilize
10.	我們可以**利用**設計軟體在電腦上建立 3D 模型。			
	我們可以**利用**風力發電。			
	軟體	ruǎntǐ	N	software (Tw)
11.	這五種設計**軟體**你都會用了嗎？			
	你用的**軟體**是舊版的，該更新了！			
	建立	jiànlì	V	to establish, to set up, to create (a database)
12.	我們可以利用設計軟體在電腦上**建立** 3D 模型。			
	在使用這個軟體以前，你應該先**建立**帳戶。			
	檢查	jiǎnchá	V	to examine, to inspect
13.	寫手機應用程式時，除錯的**檢查**過程非常麻煩。			

	寫完考卷要再仔細**檢查**一遍。			
14.	**錯誤**	cuòwù	N	error, mistake
	要是電腦開不了機，可以先用系統檔案檢查程式來掃描電腦的**錯誤**。			
	他請對方原諒自己犯的**錯誤**。			
15.	**表面**	biǎomiàn	N	surface, appearance
	這張桌子的**表面**好像不太平。			
	月球**表面**有許多高山。			
16.	**連接**	liánjiē	Vpt	to link, to connect
	這條公路連**接**幾個不同的工業區，對附近地區的發展很重要。			
	這台電腦沒**連接**網路，不能上網。			
17.	**轉換**	zhuǎnhuàn	Vpt	to change, to switch, to convert, to transform
	人類已經發展出很多把天然資源**轉換**成能源的科技。			
	你知道風力是怎麼**轉換**成動能的嗎？			
18.	**一系列**	yí-xìliè	Vs-attr	a series of, a string of
	系列	xìliè	N	series
	為了解決全球暖化帶來的問題，有些國家已經提出**一系列**的建議。			
	為了解決缺電問題，政府提出了**一系列**的政策。			
19.	**傳送**	chuánsòng	V	to convey, to deliver
	使用手機**傳送**各種資料已經變成一般人日常生活的一部分了。			
	5G **傳送**資訊的速度比 4G 快很多。			
20.	**方式**	fāngshì	N	way, method, manner

	3D 列印的列印**方式**其實有很多種，用什麼材料印，用哪一種印表機，都會影響列印的**方式**。			
	林教授上課的**方式**很受學生歡迎。			
21.	**材料**	cáiliào	N	material
	3D 列印的列印方式其實有很多種，用什麼**材料**印，用哪一種印表機，都會影響列印的方式。			
	這種腳踏車是用什麼**材料**做的？很輕，很好騎。			
22.	**影響**	yǐngxiǎng	Vpt	to influence, to affect
	3D 列印的列印方式其實有很多種，用什麼材料印，用哪一種印表機，都會**影響**列印的方式。			
	受到我父親的**影響**，我開始看足球比賽了。			
23.	**製作**	zhìzuò	V	to make, to manufacture
	熔融沉積成型（FDM）技術的**製作**方法是用一種可以馬上硬化產生分層的材料。			
	小王**製作**了一部慶祝他好朋友研究所畢業的影片。			
24.	**複雜**	fùzá	Vs	complicated
	3D 列印的列印方式其實很**複雜**。			
	人的想法不但很**複雜**，而且也常常變來變去。			
25.	**技術**	jìshù	N	technology, technique, skills
	熔融沉積成型（FDM）**技術**的製作方法是用一種可以馬上硬化產生分層的材料。			
	科學家正在研發能預測地震發生時間和地點的**技術**。			
26.	**硬化**	yìnghuà	Vp	to harden, to stiffen
	熔融沉積成型（FDM）技術的製作方法是用一種可以馬上**硬化**產生分層的材料。			
	抽菸、吃太油膩、喝太多酒都會讓血管**硬化**。			

	產生	chǎnshēng	V	to create, to produce, to arise, to cause
27.	熔融沉積成型（FDM）技術的製作方法是用一種可以馬上硬化**產生**分層的材料。			
	火力發電會**產生**有害健康的氣體。			
	橡膠	xiàngjiāo	N	rubber, caoutchouc
28.	3D 列印的熔融沉積成型技術的材料包括熱塑性塑膠、**橡膠**、陶瓷等等可以馬上硬化產生分層的材料。			
	橡膠有很多應用及產品，飛機、火車、汽車工業都很需要它。			
	陶瓷	táocí	N	ceramics
29.	**陶瓷**是 3D 列印常用的材料。			
	跟橡膠一樣，**陶瓷**材料幾乎可以應用在所有的工業領域。			
	加熱	jiārè	V	to heat
30.	印表機把材料輸送到擠壓噴嘴，然後用擠壓噴嘴把材料**加熱**輸出，最後，印表機就會根據 3D 模型設計印出成品。			
	含金屬的物體不能用微波爐**加熱**。			
	成品	chéngpǐn	N	finished product
31.	印表機把材料輸送到擠壓噴嘴，然後用擠壓噴嘴把材料加熱輸出，最後，印表機就會根據 3D 模型設計印出**成品**。			
	小王花了好多天組裝這個模型，今天終於看見**成品**了。			
	應用	yìngyòng	V	to use; to apply
32.	3D 列印能**應用**在很多領域。			
	他懂很多機械原理，但是不會**應用**，很可惜。			
33.	領域	lǐngyù	N	domain, sphere, field, territory, area
	3D 列印能應用在很多**領域**。			

	大數據應用在醫療**領域**，能改善醫療品質。			
	改善	gǎishàn	Vp	to improve
34.	3D 列印能應用到很多領域，**改善**人們的生活。			
	我想請老師教我一些**改善**發音的方法。			
	醫學	yīxué	N	medicine, medical science, study of medicine
35.	以**醫學**工程來說，有醫療團隊在病人要動心臟手術以前，先利用 3D 列印製作病人的心臟讓醫生模擬，這樣就能讓手術的成功率變高。			
	小王現在是**醫學**系的學生，將來想當心臟科醫生。			
	工程	gōngchéng	N	engineering, an engineering project, undertaking
36.	以醫學**工程**來說，有醫療團隊在病人要動心臟手術以前，先利用 3D 列印製作病人的心臟讓醫生模擬，這樣就能讓手術的成功率變高。			
	編一本書是一項大**工程**，一點也不容易。			
	醫療	yīliáo	N	medical care, medical treatment
37.	以醫學工程來說，有**醫療**團隊在病人要動心臟手術以前，先利用 3D 列印製作病人的心臟讓醫生模擬，這樣就能讓手術的成功率變高。			
	這個國家的**醫療**制度很完善，病患都能得到很好的照護。			
	團隊	tuánduì	N	team
38.	以醫學工程來說，有醫療**團隊**在病人要動心臟手術以前，先利用 3D 列印製作病人的心臟讓醫生模擬，這樣就能讓手術的成功率變高。			
	小王想加入高教授的應用軟體研究**團隊**。			
	心臟	xīnzàng	N	heart
39.	以醫學工程來說，有醫療團隊在病人要動**心臟**手術以前，先利用 3D 列印製作病人的心臟讓醫生模擬，這樣就能讓手術的成功率變高。			

	每天運動可以提高**心臟**的功能。			
40.	**動手術**	dòng shǒushù	Ph	to be operated; to have an operation, 手術：(surgical) operation; surgery
	以醫學工程來說，有醫療團隊在病人要**動**心臟**手術**以前，先利用 3D 列印製作病人的心臟讓醫生模擬，這樣就能讓手術的成功率變高。			
	小王明天要**動手術**，手術前的八小時不能進食。			
41.	**模擬**	mónǐ	V	to simulate
	以醫學工程來說，有醫療團隊在病人要動心臟手術以前，先利用 3D 列印製作病人的心臟讓醫生**模擬**，這樣就能讓手術的成功率變高。			
	科學家在實驗室**模擬**地震會帶來的災害。			
42.	**成功率**	chénggōnglǜ	N	success rate, achievement ratio
	以醫學工程來說，有醫療團隊在病人要動心臟手術以前，先利用 3D 列印製作病人的心臟讓醫生模擬，這樣就能讓手術的**成功率**變高。			
	你知道要怎麼做才能提高我告白的**成功率**嗎？			
43.	**先天**	xiāntiān	Vs-attr	inborn, innate, natural
	有醫生利用 3D 列印製作支氣管支架，幫助**先天**支氣管有問題的嬰兒正常呼吸。			
	他的眼睛不好是**先天**性的，不是後天造成的。			
44.	**正常**	zhèngcháng	Vs	regular, normal, ordinary
	有醫生利用 3D 列印製作支氣管支架，幫助先天支氣管有問題的嬰兒**正常**呼吸。			
	這座風力發電機壞了，不能**正常**運轉。			
45.	**呼吸**	hūxī	V/N	to breathe; breathing
	有醫生利用 3D 列印製作支氣管支架，幫助先天支氣管有問題的嬰兒正常**呼吸**。			

	一般來說，成人每分鐘**呼吸**十五到十八次。			
46.	**支氣管支架**	zhī qìguǎn zhījià	N	bronchial stent
	支氣管	zhī qìguǎn	N	bronchus
	有醫生利用 3D 列印製作**支氣管支架**。			
	我在冷氣房裡也要圍圍巾，這樣才可以保護**支氣管**。			
47.	**失去**	shīqù	Vpt	to lose
	3D 列印製作的義肢也幫助過一位**失去**手掌的女孩成功打球呢！			
	王先生在那場地震中**失去**了他的雙腿。			
48.	**手掌**	shǒuzhǎng	N	palm
	3D 列印製作的義肢也幫助過一位失去**手掌**的女孩成功打球呢！			
	你把**手掌**打開，我要看看裡面有什麼東西。			
49.	**義肢**	yìzhī	N	artificial limb, prosthesis
	3D 列印製作的**義肢**也幫助過一位失去手掌的女孩成功打球。			
	這位本來沒有腳的運動員穿上特別的**義肢**以後，跑得比一般人還快。			
50.	**成本**	chéngběn	N	costs
	利用 3D 列印製作義肢，**成本**只有傳統義肢的十分之一，而且製作的時間也短了很多。			
	無人商店可以節省人力**成本**。			
51.	**身障**	shēnzhàng	Vs-attr	handicapped
	利用 3D 列印製作義肢，成本只有傳統義肢的十分之一，而且製作的時間也短了很多，就能幫助更多**身障**人士了。			
	大樓應該設置無障礙斜坡，方便**身障**者進出。			
52.	**人士**	rénshì	N	person, figure

	利用 3D 列印製作義肢，成本只有傳統義肢的十分之一，而且製作的時間也短了很多，就能幫助更多身障**人士**了。			
	你的問題需要專業**人士**來回答。			
	光	guāng	Adv	only, merely
53.	我們**光**聊天，都忘了你今天是來找我寫報告的。			
	你別**光**說不做，快來幫忙。			

六、句型（Sentence Patterns and Constructions）

1. ……指的是…… ...zhǐ de shì... refer to

「指的是」常用來說明。「指的是」前面是需要說明的名詞或短語，後面是說明。

> 3D 列印**指的是**任何列印三維物體的過程。
> 社交軟體**指的是**任何支援群體交流的軟體。
> 碳足跡**指的是**個人、家庭或是公司在日常生活中產生的溫室氣體。

練習
① 在台灣人口中，_____ 指的是 _____。
② A：可再生能源是什麼？
　 B：可再生能源 _____。

2. 簡單地說 jiǎndān de shuō to put it simply; simply put

「簡單地說」也是一個連接前、後文的標記。說話者說了一件事，再用「簡單地說」，在後面帶出比較簡單的說法。

> A：3D 列印是怎麼印出東西來的？

B：這個問題很複雜。**簡單地說**，在電腦設計好設計圖，再傳送到 3D 印表機，就印出來了。

➤ A：風力要怎麼發電呢？

B：**簡單地說**，就是把風能轉換成機械能，機械能再帶動發電機發電。

➤ A：智慧型手機普及以後，從專屬商店安裝的應用程式就通稱「App」了。

B：**簡單地說**，程式設計師使用程式語言編寫原始碼，再利用編譯器把原始碼編成執行檔，編好的執行檔就可以交給機器執行了。

練習

① A：請問「多一事不如少一事」是什麼意思？

B：簡單地說，「多一事不如少一事」就是 ＿＿＿＿＿＿＿＿＿＿＿ 的意思。

② A：老師剛剛說的話，我都沒聽懂，你知道我們期末要做什麼嗎？

B：簡單地說，＿＿＿＿＿＿＿＿＿＿＿＿＿＿＿＿＿＿＿。

3. 比如（說）bǐrúshuō　for example; for instance; such as

「比如」通常放在例子的前面，用來提出例子。也可以說「例如」、「比方」。

➤ 首先，利用設計軟體或是三維掃描器，在電腦上建立 3D 模型，然後檢查模型有沒有錯誤，**比如說**各個表面有沒有連接好。

➤ 停水給生活帶來很多不便，**比如說**不能洗澡、洗碗、沖馬桶什麼的。

➤ 運動也是一種社交活動，**比如說**慢跑就可以認識很多跑友。

練習

① 小王的興趣很多，比如說 ＿＿＿＿＿＿＿＿＿＿＿＿＿，他都很

喜歡。

②A：你能給我介紹一些好吃的台灣菜嗎？

　B：＿＿＿＿＿＿＿＿＿＿＿，比如說 ＿＿＿＿＿＿＿＿＿＿＿＿＿＿。

4. 基本上 jībǎn shàng　basically; on the whole

「基本上」是一個副詞短語，表示前面提到的事情大多數的時候都是後面說的這個情況。

➤ A：這樣就可以印了嗎？

　B：這樣說**基本上**是沒錯，不過 3D 列印的列印方式其實有很多種，用什麼材料印，要用哪一種印表機，都會影響列印的方式。

➤ 這個研究**基本上**是大家一起完成的，我只不過是負責報告而已。

➤ 如果你把課本念完了，**基本上**通過考試沒問題，但是不一定能拿高分。

練習

① 以前的社會，能出國念書的人基本上 ＿＿＿＿＿＿＿＿＿＿＿＿＿。

②A：新聞說氣候越來越極端。不知道我多坐大眾運輸工具，對極端氣候有沒有幫助？

　B：基本上 ＿＿＿＿＿＿＿＿＿＿＿＿＿＿＿＿＿＿＿＿。

5. ⋯⋯等等　...děngděng　and so on

「等等」放在列舉的名詞後面，表示還有更多，沒辦法都說完。在「等等」的前面一般最少列出三項。

➤ 熱塑性塑膠、橡膠、陶瓷**等等**都是 3D 列印常用到的材料。

➤ 世界上有名的大城市很多，比方說：紐約、倫敦、上海**等等**。

➤ 台灣的小吃很多，像小籠包、雞排、肉圓**等等**，都很好吃。

練習

① 大文打工的經驗很豐富，＿＿＿＿＿、＿＿＿＿＿、＿＿＿＿＿ 等等，他都做過。

② A：你喜歡什麼休閒活動？

　　B：我喜歡＿＿＿＿＿＿＿＿＿＿，像＿＿＿＿＿＿＿＿＿＿ 等等。

6. 以……來說 yǐ...láishuō　in the case of; in terms of

從某一方面或舉某個例子來說明前面討論到的事。

➤ 3D 列印能應用在很多領域，**以醫學工程來說**，有醫療團隊在病人要動心臟手術以前，先利用 3D 列印製作病人的心臟讓醫生模擬，這樣就能讓手術的成功率變高。

➤ A：少子化的影響是什麼？

　　B：**以學校來說**，少子化的影響是學生人數不足，學校很難維持下去。

➤ A：老師，您覺得我能通過這次的中文考試嗎？

　　B：**以你現在的能力來說**，通過是沒問題的。

練習

① 留學生在國外的生活會碰到很多困難，以吃飯來說，＿＿＿＿＿＿。

② A：哪一種通訊軟體比較好用？

　　B：每個軟體都不一樣，以＿＿＿＿＿ 來說，＿＿＿＿＿＿。

7. 除此之外，……也／還…… chúcǐ zhīwài, ...yě/hái...　apart from this; in addition to this

「除此之外」是一個連接前文和後文的標記。意思是，除了前面說過的事以外。「此」是「這」的意思，在「除此之外」後面會提到跟這件事情有關的另外一件事。

> 有醫生利用 3D 列印製作支氣管支架，幫助先天支氣管有問題的嬰兒正常呼吸。**除此之外**，3D 列印製作的義肢**也**幫助過一位失去手掌的女孩成功打球呢！

> A：你們所上畢業有什麼條件嗎？
>
> B：得修滿三十學分，**除此之外**，還要完成一本學位論文。

> A：你知道申請獎學金需要準備什麼資料嗎？
>
> B：需要準備成績單，**除此之外**，還要準備推薦信。

練習

① 李老師懂很多種語言，除此之外，＿＿＿＿＿＿＿＿＿＿＿＿＿＿＿。

② A：你在實驗室要做什麼事啊？

　B：＿＿＿＿＿＿＿＿＿＿，除此之外，＿＿＿＿＿＿＿＿＿＿＿＿。

8. 說到⋯⋯　shuō dào...　speaking of; when it comes to this

「說到」是一個連接前文和後文的標記。說話的人用「說到」當作話題標記，把自己或對話的人正在說的事當作後面要說的話的主題。

> A：3D 列印製作的義肢也幫助過一位失去手掌的女孩成功打球呢！
>
> B：聽起來 3D 列印對醫學工程的幫助真多！**說到**義肢，傳統義肢3D 列印的義肢有什麼不一樣？

> A：風力和太陽能都能用來發電。
>
> B：**說到**發電，宿舍的發電機壞了，可能會停電。

> A：東部海邊的風景很美。
>
> B：**說到**海邊，週末我要參加淨灘活動，你要參加嗎？

練習

① 說到＿＿＿＿＿＿＿＿，就讓我想起＿＿＿＿＿＿＿來。

② A：這門課的期末報告真難寫，得找好多資料！

B：說到 _____ 。

9. ⋯⋯分之⋯⋯ ...fēn zhī... (fraction) The construction ⋯⋯分之⋯⋯ is used to indicate the fractional numbers. The words before and after 分之 are usually an integer number. The first number is denominator and the second one is molecular.

x 分之 y 就是 y/x。如果用 1/3 當作例子，x 是 3，y 是 1，說成三分之一。

➤ 利用 3D 列印製作義肢，成本只有傳統義肢的**十分之一**。
➤ 聽說這種手術的成功率只有百**分之六十**，所以我很擔心。
➤ 我們班三**分之**二是男生。

練習
① 我們班 _____ 分之 _____ 的人通過了華語能力測驗。
② A：我的成績很好，申請那所學校的研究所應該沒問題。
　 B：你還是得用功一點，因為錄取率只有 _____ 分之 _____ 。

七、近似詞（Synonyms）

1.	以為	覺得	認為
2.	一般	普通	
3.	合適	適合	
4.	幫助	幫忙	幫

八、綜合練習（Exercises）

（一）重述練習

　　1. 3D 列印是什麼？

3D 列印指的是 ＿＿＿＿＿＿＿＿＿＿＿＿＿＿，也叫 ＿＿＿＿＿＿＿＿＿＿

或是 ＿＿＿＿＿＿＿＿＿＿，簡單地說，＿＿＿＿＿＿＿＿＿＿＿＿＿＿。

2. 3D 列印要怎麼建模？

首先，利用＿＿＿＿＿＿＿＿＿＿＿＿，在電腦上＿＿＿＿＿＿＿＿＿＿，

然後＿＿＿＿＿＿＿＿＿＿＿＿，比如說＿＿＿＿＿＿＿＿＿＿，再

利用＿＿＿＿＿＿＿＿＿＿＿＿，最後＿＿＿＿＿＿＿＿＿＿。

3. 什麼是熔融沉積成型（FDM）技術？

熔融沉積成型（FDM）技術製作的方法是＿＿＿＿＿＿＿＿，先

＿＿＿＿＿＿＿＿＿＿＿＿。然後，＿＿＿＿＿＿＿＿＿＿＿，最後，

＿＿＿＿＿＿＿＿＿＿＿＿＿＿＿＿。

（二）詞語填空

1.

建立	應用	人士	製作	技術
領域	成本	連接	模擬	義肢

3D 列印能 ＿＿＿＿＿ 在醫療 ＿＿＿＿＿，比如先 ＿＿＿＿＿ 好病人的
心臟模型，讓醫生 ＿＿＿＿＿ 手術的過程；還有人利用 3D 印表機
製作 ＿＿＿＿＿＿，不但時間快，＿＿＿＿＿＿ 也減少了，能幫助更多
身障 ＿＿＿＿＿。

2.

檢查	傳送	錯誤	印出來	工程
轉換	方式	技術	過程	印表機

小王寫完碩士論文以後，要把論文 _____。在印論文以前，他 _____ 了有沒有錯誤，才把論文從 word 檔 _____ 成 PDF 檔。然後，他帶著檔案到影印店去，把檔案 _____ 到印表機，等著 _____ 把論文印出來。列印的 _____ 很順利，所以小王很快就拿到他的論文了。

（三）問答練習

1. 失業（unemployment）率高的時候，畢業生該怎麼找工作？

首先……	比如說	除此之外
接著……	影響	方式

2. 請你舉個例子談談地震、颱風或疾病帶來的影響。

簡單地說	以……來說	x 分之 y
光	正常	失去

九、課後活動（Extension Activties）

（一）問題討論

1. 3D 列印除了應用在醫療領域，還能應用在哪些領域？

2. 目前已經有使用 3D 列印建的房子了，你認為使用 3D 列印的方式來蓋房子有哪些優缺點？為什麼？你認為 3D 列印能完全取代傳統建築技術嗎？為什麼？

3. 目前已經有 3D 列印的心臟了，你贊成生物列印嗎？為什麼？生物列印有什麼好處和壞處？生物列印可能存在什麼問題？

（二）任務

辯論活動：

請以「3D 列印對人類生活有好處／壞處」為題目，分組辯論。

（三）主題報告

簡報：課文中提到 3D 列印除了能應用在醫療領域外，還能應用
在其他領域。請你給同學介紹一個使用 3D 列印製作的東
西。請製作簡報上台報告。

介紹的內容最少要包括：

- 那個東西屬於哪一種列印技術？
- 使用什麼材料？
- 屬於哪一個領域？
- 未來的發展如何？

再生能源

一、主題引導（Guide Questions）

你知道這是什麼嗎？你看過圖上的這些東西嗎？你知道哪裡有這些東西嗎？

二、課文摘要（Synopsis）

王子建上個星期去台中玩的時候，拍了很多漂亮的照片。他的室友李開明看到了他的照片，問了王子建照片上風車的事情。因此，子建向他介紹了「風車」——台灣的「風力發電機」。子建不但解釋了風力發電機的發電原理和發電量，還給開明比較了各種發電方式的優缺點。從火力發電、核能發電到太陽能發電、水力發電到現在台灣正在發展的離岸風電，每種發電方式都各有長處和短處。但不管選擇了哪種發電方式，我們都應該認真省電，保護地球。

三、對話（Dialogue）

李開明：哇！你這張照片拍得真不錯，這是風車嗎？

王子建：是啊！大家都叫它風車，比較專業的說法是風力發電機或是風力發動機。

李開明：原來這就是風力發電機。看起來好壯觀！

王子建：風力發電機一座可是有 70 公尺高，超過二十層樓呢！

李開明：這麼高啊！那葉片呢？

王子建：葉片長度跟發電量有關，比如說 6 百萬瓦的風力發電機組葉片長度直徑就有 45 公尺。由於風力發電主要藉由風轉動葉片來發電，葉片越長，風速越快，當然能產生的風能就越多。

李開明：那麼，一座風力發電機能發的電有多少呢？

王子建：這就不一定了。如果是照片上的風力發電機，一座最多能發 1.5 百萬瓦的電，但是台灣秋天跟冬天吹東北季風的時候，風力發電的條件比較好，春天夏天沒什麼風，所以實際上能有多少電，還得看天氣。

李開明：聽起來風力發電並不可靠，那麼哪一種發電方式最穩定呢？

王子建：每一種發電方式都各有優缺點。火力跟核能都很穩定，可以二十四小時發電。但是火力得燃燒化石燃料，比如說煤，燃燒過程中產生的二氧化碳會造成空氣汙染，還可能導致全球暖化，又有用完的一天。核能的碳排放量最少，也很便宜，可是大家擔心核能電廠的安全及核廢料問題，所以我們也需要發展可再生能源。

李開明：可再生能源是什麼？

王子建：可再生能源指的是那些來自大自然，可以自動再生的能源，像是風力發電、太陽能發電或是水力發電。

李開明：喔！你剛剛說了風力發電了，那麼別的發電方式呢？

王子建：水力目前再開發的可能性比較低，太陽能是最近熱門的話題之一。你看到學校屋頂上的那些太陽能面板了嗎？太陽能發電就是把太陽輻射的光，透過太陽能面板轉換成電。

李開明：有太陽能就不用擔心了嘛！

王子建：的確，太陽能是用不完的，但是別忘了，台灣常常下雨，還有太陽能跟風力發電設備都需要大面積的土地。比如說一個核四的發電量，就需要四分之三台北市大小的太陽能面板呢。

李開明：台灣有那麼大的土地嗎？

王子建：沒有，所以現在正準備要發展離岸風電。

李開明：那又是什麼呢？

王子建：就是在海上建立更多更大的風力發電機，來取得更多更穩定的風能。只是蓋一座離岸風場也得投資幾千億，甚至幾兆。

李開明：天哪！好大一筆錢！怎麼這些發電方式沒有一個最安全、最便宜、最穩定的呢？

王子建：有一利必有一弊嘛！不管用哪一種方式發電，我們省電就對了！

李開明：有道理。從今天開始我會認真省電的。

王子建：你每天少吹一個小時的冷氣就夠了！

四、學科主題詞彙（Subject Vocabulary）

1.	**再生能源**	zàishēng néngyuán	N	renewable energy
	再生能源的種類有太陽能、風能、水力能等等。			
2.	**風力**	fēnglì	N	wind power
	風能轉換靠**風力**機，而**風力**機主要是用**風力**轉動葉片來發電。			
3.	**發電機**	fādiànjī	N	electricity generator, dynamo
	小型的**發電機**在網路上有的只賣幾千元。			
4.	**發動機**	fādòngjī	N	engine, motor
	發動機是汽車最重要的一部分。			
5.	**葉片**	yèpiàn	N	blade (of propellor), vane
	葉片式電暖器的缺點是聲音比較大，而且關了就馬上覺得冷。			
6.	**發電量**	fādiànliàng	N	(generated) electrical energy
	根據 2018 年的統計，火力發電占台灣全部**發電量**的 84%。			

7.	風速	fēngsù	N	wind speed
	七級風的**風速**會讓人覺得走路很困難。			
8.	瓦	wǎ	N	watt, abbr. for 瓦特
	根據研究，看四個小時的電視需要用 1000 **瓦**，差不多就是 1 度的電力。			
9.	百萬瓦	bǎiwàn wǎ	N	megawatt (MW)
	這種風力發電機，一座最多能發 1.5 **百萬瓦**的電。			
10.	機組	jīzǔ	N	unit (apparatus)
	電力公司中部電廠昨天有一組發電**機組**壞了，需要修理，幸虧影響不大。			
11.	直徑	zhíjìng	N	diameter
	太陽的**直徑**大約是地球**直徑**的 109.3 倍。			
12.	發電	fā diàn	N	to generate electricity
	有一些生物有自然的**發電**能力。			
13.	風能	fēngnéng	N	wind power
	風能發電的缺點是沒有風就不能發電，風小發電量又不夠，比較不穩定。			
14.	火力	huǒlì	N	firepower
	炒菜的時候**火力**要控制得好，要不然炒出來的菜就不好吃。			
15.	核能	hénéng	N	nuclear energy
	核能發電的優點是穩定、每一度電的發電成本比較便宜，還有不會製造空氣汙染等等。			
16.	化石燃料	huàshíránliào	N	fossil fuel
	最重要的三種**化石燃料**就是煤、石油跟天然氣。			
17.	煤	méi	N	coal

	按照目前的使用速度來看，地球上的**煤**再用二百年就會用完。			
18.	**二氧化碳**	èryǎnghuàtàn	N	carbon dioxide, CO_2
	根據研究統計，人類每年燃燒化石燃料產生的**二氧化碳**大約有213億噸。			
19.	**全球暖化**	quánqiú nuǎnhuà	N	global warming
	全球暖化對氣候、環境和人類的生活都有很大的影響。			
20.	**碳**	tàn	N	carbon (chemistry)
	碳是地球上很普遍的物質，每一種生物都有。			
21.	**排放量**	páifàngliàng	N	emissions
	在這個網頁輸入你吃的東西，馬上就能知道你吃的東西的碳**排放量**是多少。			
22.	**電廠**	diànchǎng	N	electric power plant
	台灣目前只有三座太陽能**電廠**。			
23.	**核廢料**	héfèiliào	N	nuclear waste
	核廢料其實還可以回收再利用，但是因為技術還不夠好，成本也高，目前還不普遍。			
24.	**太陽能**	tàiyángnéng	N	solar energy
	目前台灣家庭使用的**太陽能**發電設備成本大概是三萬元左右。			
25.	**水力發電**	shuǐlìfādiàn	N	hydroelectricity
	水力發電不需要燃料，所以發電成本也不會受燃料價格影響。			
26.	**面板**	miànbǎn	N	faceplate, breadboard
	根據統計，韓國公司製造的手機**面板**占世界第一位。			
27.	**輻射**	fúshè	N	radiation

	核能發電有很多好處，但是很多人也擔心發生核**輻射**問題，對人跟環境會有很大的影響。			
28.	**面積**	miànjī	N	area (of a floor, piece of land etc)
	世界上土地**面積**最大的國家是俄羅斯，第二名則是加拿大。			
29.	**離岸風電**	lí'àn fēng-diàn	N	offshore wind power
	爲了解決夏天電量不夠的問題，台灣政府正在努力發展**離岸風電**。			
30.	**風場**	fēngchǎng	N	wind field
	台灣第一座離岸**風場**在苗栗外海，面積差不多有 40 座台北大安森林公園那麼大。			

五、專有名詞（Proper Noun）

1.	**核四**	Hésì	Fourth Nuclear Power Plant near New Taipei City 新北市 [Xīnběishì], Taiwan, also called Lungmen Nuclear Power Plant
	根據網路上的資料，**核四**的發電量是 210 億度，以 2020 年台灣的總發電量 2257.9 億度來看，占不到 1%。		

六、詞彙（Vocabulary）

1.	**風車**	fēngchē	N	windmill, pinwheel
	A：這是**風車**嗎？ B：是啊！大家都叫它**風車**，比較專業的說法是風力發電機或是風力發動機。			
	在荷蘭，還保留著許多老**風車**。			

	專業	zhuānyè	Vs-attr	professional
2.	A：這是風車嗎？ B：是啊！大家都叫它風車，比較**專業**的說法是風力發電機或是風力發動機。			
	張先生是一位**專業**的攝影師，曾經得過不少獎。			
	壯觀	zhuàngguān	Vs	spectacular, magnificent sight
3.	看起來好**壯觀**！			
	參加這次運動會進場的人有一萬個，看起來很**壯觀**。			
	超過	chāoguò	Vpt	exceed
4.	風力發電機一座可是有 70 公尺高，**超過**二十層樓呢！			
	這座城市的人口已經**超過**一千萬了。			
	長度	chángdù	N	length
5.	葉片**長度**跟發電量有關，比如說 6 百萬瓦的風力發電機組葉片**長度**直徑就有 45 公尺。			
	那張桌子的**長度**是 90 公分，寬度是 70 公分，高度是 75 公分。			
	主要	zhǔyào	Adv/ Vs-attr	mainly; main
6.	由於風力發電**主要**藉由風轉動葉片來發電，葉片越長，風速越快，當然能產生的風能就越多。			
	他來台灣的目的**主要**是希望能上大學。			
	藉由	jièyóu	Adv	by means of, through, by
7.	由於風力發電主要**藉由**風轉動葉片來發電，葉片越長，風速越快，當然能產生的風能就越多。			
	員工希望**藉由**罷工來爭取更多的福利。			
8.	**轉動**	zhuǎndòng	V	to turn sth around, to swivel

	由於風力發電主要藉由風**轉動**葉片來發電，葉片越長，風速越快，當然能產生的風能就越多。			
	地球的**轉動**分為自轉跟公轉兩種。			
9.	**產生**	chǎnshēng	Vpt	to create, to produce, to arise, to cause
	火力跟核能都很穩定，可以二十四小時發電。但是火力得燃燒化石燃料，比如說煤，燃燒過程中**產生**的二氧化碳會造成空氣汙染，還可能導致全球暖化，又有用完的一天。			
	當我看完那篇文章以後，心中**產生**了一些疑問。			
10.	**吹**	chuī	V	to blow
	台灣秋天跟冬天**吹**東北季風的時候，風力發電的條件比較好。			
	這裡的風好大，**吹**得我頭都痛了。			
11.	**季風**	jìfēng	N	monsoon
	台灣秋天跟冬天吹東北**季風**的時候，風力發電的條件比較好。			
	台灣每年從十月到隔年四月颳東北**季風**。			
12.	**條件**	tiáojiàn	N	condition, circumstances
	台灣秋天跟冬天吹東北季風的時候，風力發電的**條件**比較好。			
	你覺得男生**條件**好的定義就是高、富、帥嗎？			
13.	**可靠**	kěkào	Vs	reliable
	A：台灣秋天跟冬天吹東北季風的時候，風力發電的條件比較好，春天夏天沒什麼風，所以實際上能有多少電，還得看天氣。 B：聽起來風力發電並不**可靠**。			
	在網路上買東西，要找信用**可靠**的賣家。			
14.	**方式**	fāngshì	N	way, method, manner
	哪一種發電**方式**最穩定呢？			
	我們的比賽可用現場及網上兩種**方式**報名。			

	穩定	wěndìng	Vs	steady, stable
15.	哪一種發電方式最**穩定**呢？			
	小林想找份**穩定**的工作，不想再到處打工了。			
	優點	yōudiǎn	N	advantage
16.	每一種發電方式都各有**優**缺點。			
	他最大的**優點**就是學習能力強，什麼都能很快就學會。			
	缺點	quēdiǎn	N	weak point, disadvantage
17.	每一種發電方式都各有優**缺點**。			
	這份工作什麼都好，唯一的**缺點**就是離家遠了一點。			
	燃燒	ránshāo	V	to ignite, to combust, to burn
18.	火力得**燃燒**化石燃料，比如說煤。			
	那輛車在撞到前面的車以後，就開始起火**燃燒**了。			
	過程	guòchéng	N	process
19.	火力跟核能都很穩定，可以二十四小時發電。但是火力得燃燒化石燃料，比如說煤，燃燒**過程**中產生的二氧化碳會造成空氣汙染，還可能導致全球暖化，又有用完的一天。			
	在實驗**過程**中，可能會遇到很多困難。			
	造成	zàochéng	Vpt	to bring about, to cause
20.	火力跟核能都很穩定，可以二十四小時發電。但是火力得燃燒化石燃料，比如說煤，燃燒過程中產生的二氧化碳會**造成**空氣汙染，還可能導致全球暖化，又有用完的一天。			
	全球暖化**造成**各地氣溫不斷升高，一年比一年熱。			
	汙染	wūrǎn	N	pollution
21.	火力跟核能都很穩定，可以二十四小時發電。但是火力得燃燒化石燃料，比如說煤，燃燒過程中產生的二氧化碳會造成空氣**汙染**，還可能導致全球暖化，又有用完的一天。			

	工廠把廢水排入河流，造成了**汙染**。			
22.	**導致**	dǎozhì	Vst	to lead to, to bring about
	火力跟核能都很穩定，可以二十四小時發電。但是火力得燃燒化石燃料，比如說煤，燃燒過程中產生的二氧化碳會造成空氣汙染，還可能**導致**全球暖化，又有用完的一天。			
	經濟不景氣**導致**失業率上升。			
23.	**安全**	ānquán	N	safety
	核能的碳排放量最少，也很便宜，可是大家擔心核能電廠的**安全**及核廢料問題。			
	一個人去旅行的時候，記得注意**安全**。			
24.	**及**	jí	Conj	and
	核能的碳排放量最少，也很便宜，可是大家擔心核能電廠的安全**及**核廢料問題。			
	所謂的天然資源，包括：煤、水、石油**及**天然氣等等。			
25.	**發展**	fāzhǎn	V	to develop
	我們也需要**發展**可再生能源。			
	他大學畢業以後，**發展**得不錯。			
26.	**來自**	láizì	Vpt	to come from (a place)
	可再生能源指的是那些**來自**大自然，可以自動再生的能源。			
	參加這場研討會的科學家**來自**世界各地。			
27.	**再生**	zàishēng	Vs-attr	to regenerate
	可再生能源指的是那些來自大自然，可以自動**再生**的能源。			
	我們體內的細胞，多數具有**再生**能力。			
28.	**開發**	kāifā	V	to exploit (a resource)

	A：你剛剛説了風力發電了，那麼別的發電方式呢？ B：水力目前再**開發**的可能性比較低。			
	我們公司需要**開發**新客戶。			
29.	**可能性**	kěnéngxìng	N	possibility, probability
	A：你剛剛説了風力發電了，那麼別的發電方式呢？ B：水力目前再開發的**可能性**比較低。			
	有人認爲抽菸的人得到肺癌的**可能性**比較高。			
30.	**話題**	huàtí	N	subject (of a talk or conversation), topic
	太陽能是最近熱門的**話題**之一。			
	他和朋友最常聊的**話題**是運動比賽。			
31.	**屋頂**	wūdǐng	N	roof
	你看到學校**屋頂**上的那些太陽能面板了嗎？			
	王先生在**屋頂**上設計了一座小花園。			
32.	**光**	guāng	N	light
	太陽能發電就是把太陽輻射的**光**，透過太陽能面板轉換成電。			
	燈泡有白**光**跟黃**光**兩種。			
33.	**透過**	tòuguò	Prep	through, via
	太陽能發電就是把太陽輻射的光，**透過**太陽能面板轉換成電。			
	他喜歡**透過**音樂來表達内心的想法。			
34.	**轉換**	zhuǎnhuàn	V	to change, to switch, to convert, to transform
	太陽能發電就是把太陽輻射的光，透過太陽能面板**轉換**成電。			
	很多人喜歡在年後**轉換**工作。			
35.	**的確**	díquè	Adv	really, indeed

	A：有太陽能就不用擔心了嘛！ B：**的確**，太陽能是用不完的，但是別忘了，台灣常常下雨，還有太陽能跟風力發電設備都需要大面積的土地。			
	A：烏龜的龜字很難寫。 B：**的確**。「龜」這個字很容易寫錯。			
36.	**設備**	shèbèi	N	equipment, facilities, installations
	的確，太陽能是用不完的，但是別忘了，台灣常常下雨，還有太陽能跟風力發電**設備**都需要大面積的土地。			
	學校打算在暑假更新教室的**設備**。			
37.	**土地**	tǔdì	N	land
	的確，太陽能是用不完的，但是別忘了，台灣常常下雨，還有太陽能跟風力發電設備都需要大面積的**土地**。			
	這塊**土地**上長滿了野草。			
38.	**建立**	jiànlì	V	to establish, to set up, to create (a database)
	離岸風電就是在海上**建立**風力發電機，來取得更多更穩定的風能。			
	想**建立**自己的品牌，需要人力跟資金。			
39.	**取得**	qǔdé	Vp	to get, obtain
	離岸風電就是在海上建立風力發電機，來**取得**更多更穩定的風能。			
	他**取得**碩士學位以後，就馬上找到了一份工作。			
40.	**蓋**	gài	V	to build
	蓋一座離岸風場也得投資幾千億，甚至幾兆。			
	由於圖書館空間不足，學校決定再**蓋**一棟新的。			
41.	**投資**	tóuzī	N/V	investment; to invest
	蓋一座離岸風場也得**投資**幾千億，甚至幾兆。			

	華人喜歡**投資**房地產。			
42.	**兆**	zhào	N	trillion
	蓋一座離岸風場也得投資幾千億，甚至幾**兆**。			
	一**兆**是 1 的後面有 12 個零。			
43.	**有一利必有一弊**	yǒu yí lì bì yǒu yí bì	IE	There must be a pro and a con.
	A：怎麼這些發電方式沒有一個最安全、最便宜、最穩定的呢？ B：**有一利必有一弊**嘛！不管用哪一種方式發電，我們省電就對了！			
	事情**有一利必有一弊**，不能只看好處，也要想想可能會造成什麼影響。			
44.	**有道理**	yǒu dàolǐ	IE	to make sense, reasonable
	A：不管用哪一種方式發電，我們省電就對了！ B：**有道理**。從今天開始我會認真省電的。			
	「只要我喜歡，有什麼不可以？」，這句話其實沒**有道理**。			
45.	**認真**	rènzhēn	Vs	conscientious, earnest, serious
	A：不管用哪一種方式發電，我們省電就對了！ B：有道理。從今天開始我會**認真**省電的。			
	小王做事**認真**，很快就受到老闆的重用。			
46.	**省電**	shěng diàn	Vp-sep	to save electricity
	A：不管用哪一種方式發電，我們**省電**就對了！ B：有道理。從今天開始我會認真**省電**的。			
	王先生為了**省電**，把家裡的燈泡都換成 LED 燈泡。			

七、句型（Sentence Patterns and Constructions）

1. ……跟……有關 ...gēn...yǒu guān　　...is related to...

   某件事有關係。在「跟」的前面說到的事物跟後面說的事物有關係。「跟」也可以換成「和」或「與」。

   ➢ 風車發電機的葉片長度**跟**發電量**有關**。

   ➢ 科學家發現，全球暖化**跟**溫室氣體增加**有關**。

   ➢ 研究發現，許多疾病都**跟**飲食習慣**有關**。

   練習

   ① 研究發現，造成癌症的原因跟 ＿＿＿＿＿＿＿＿＿＿＿ 有關。

   ② A：為什麼今年的失業率上升了？

   　 B：＿＿＿＿＿＿＿＿＿＿＿＿＿＿＿＿＿＿＿＿。

2. 比如（說）bǐrú (shuō)　　for example; for instance; such as

   「比如」通常放在例子的前面，用來提出例子。也可以說「例如」、「比方」。

   ➢ 葉片長度跟發電量有關，**比如說** 6 百萬瓦的風力發電機組葉片長度直徑就有 45 公尺。

   ➢ 聰明的人不一定用功，**比如說**，小王就是個好例子，大家都知道他聰明，但他就是不用功。

   ➢ 父母可以讓六到十二歲的孩子做一些家事，**比如說**洗衣服、倒垃圾、照顧寵物。

   練習

   ① 台灣的夜市裡有很多小吃，比如說 ＿＿＿＿＿ 、 ＿＿＿＿＿ 。

② A：週末的時候，你都在做什麼？

B：＿＿＿＿＿＿＿＿＿＿＿＿＿＿＿＿＿＿＿＿＿＿＿＿＿＿＿。

3. 由於 yóuyú　due to; as a result of

「由於」的意思跟「因為」差不多。常放在表示原因的第一句的前面，後面跟著第二句，表示結果。

➤ **由於**風力發電主要藉由風轉動葉片來發電，葉片越長，風速越快，當然能產生的風能就越多。

➤ **由於**經費不足，機場的工程進度嚴重落後。

➤ **由於**父親工作的關係，他在小學三年級時搬到台中。

練習

① 由於 ＿＿＿＿＿＿＿＿＿＿＿，學校停課一天，今天不必上課。

② A：為什麼最近幾年學習中文的人越來越多？

B：＿＿＿＿＿＿＿＿＿＿＿＿＿＿＿＿＿＿＿＿＿＿＿＿＿＿＿。

4. 實際上 shíjìshàng in fact;　in reality; as a matter of fact; in practice

「實際上」常用來連接兩個相對的情形。在「實際上」提到的是理想的情形，但後面的是真實的情形。

➤ 台灣秋天跟冬天吹東北季風的時候，風力發電的條件比較好，春天夏天沒什麼風，所以**實際上**能有多少電，還得看天氣。

➤ 雖然大家都認為減少塑膠製品很重要，但是**實際上**該怎麼執行是一個問題。

➤ 去年政府原本預估的經濟成長率只有 2.24%，但**實際上**達到了 2.71%。

練習

① 他看起來很花心，但實際上 _____。

② A：他們兩夫妻的感情不是很好嗎？怎麼忽然要離婚？

　　B：_____。

5. 並不／沒 bìngbù / méi　not at all; emphatically not

「並」是一個副詞，放在「不」或「沒」的前面的時候常用來強調某一件事跟一般人或聽話者想的不一樣。

> A：台灣秋天跟冬天吹東北季風的時候，風力發電的條件比較好，春天夏天沒什麼風，所以實際上能有多少電，還得看天氣。

> B：聽起來風力發電**並不**可靠。

> 學語言聽起來容易，做起來**並不**容易。

> 他雖然喜歡貓，但是他**並沒**有養過貓。

練習

① 我跟小張是朋友，但是並不 _____。

② A：你的中文這麼好，一定是從小就開始學的吧？

　　B：_____。

6. ⋯⋯指的是⋯⋯　...zhǐdeshì...　refer to

「指的是」常用來說明。「指的是」前面是需要說明的名詞或短語，後面是說明。

> 可再生能源**指的是**那些來自大自然，可以自動再生的能源，像是風力發電、太陽能發電或是水力發電。

> 「低頭族」**指的是**那些常常低頭玩手機的人。

> 流行病**指的是**可以傳染許多人的疾病。

①「來回票」指的是 ＿＿＿＿＿＿＿＿＿＿＿＿＿＿＿＿＿ 。

② A：「公主病」是什麼意思呢？

  B：＿＿＿＿＿＿＿＿＿＿＿＿＿＿＿＿＿＿＿ 。

7. 把……V 成……　bǎ...V chéng...　turn...into...

「把」和「V 成」之間的名詞經由動詞的動作變成另一件事物。

> 太陽能發電就是**把**太陽輻射的光，透過太陽能面板轉換**成**電。
> 她**把**自己的故事寫**成**一本書。
> 爸爸**把**家裡剩下的香蕉做**成**了蛋糕。

練習

① 他把窗外的風景 ＿＿＿＿ 一幅畫。

② A：你們的翻譯課是怎麼考試的？

  B：＿＿＿＿＿＿＿＿＿＿＿＿＿＿＿＿＿＿＿ 。

8. ……分之……　...fēn zhī...　(fraction) The construction ……分之……
is used to indicate the fractional numbers. The words before and after
分之 are usually an integer number. The first number is denominator
and the second one is molecular.

x 分之 y 就是 y/x。如果用 1/3 當作例子，x 是 3，y 是 1，說成三分之一。

> 比如說一個核四的發電量，就需要四**分**之三台北市大小的太陽能面
  板呢。
> 台灣目前的新生兒死亡率是千**分**之二點六。
> 受到全球暖化的影響，2070 年恐怕有三**分**之一的動植物會消失。

① 我們班有 _____ 分之 _____ 的人不喜歡運動。
② A：你知道世界上有多少人說中文嗎？
　 B：_____。

9. 甚至 shènzhì　even

「甚至」是副詞，常放在第二個句子的名詞或動詞短語的前面，強調前面的事情很不平常，連沒想到或以為不可能發生的情形都發生了。

➢ 蓋一座離岸風場也得投資幾千億，**甚至**幾兆。
➢ 沒有人知道他們結婚了，他們的同事、朋友，**甚至**連父母都不知道。
➢ 他太忙了，**甚至**連吃飯的時間都沒有。

① 他太窮了，甚至 _____。
② A：我聽說他失戀了，他還好嗎？
　 B：_____。

八、近似詞（Synonyms）

1.	方式	方法
2.	及	跟／和
3.	藉由	透過

九、綜合練習（Exercises）

（一）重述練習

　　1. 請問可再生能源是什麼？

可再生能源指的是 _____，
像是 _____、_____ 或是 _____。

2. 請問太陽能發電是什麼？
太陽能發電就是把 _____，透過 _____
轉換成 _____。

3. 請問火力發電的缺點是什麼？
火力發電得 _____，比如說 _____，
_____，還可能
_____，又 _____。

（二）詞語填空

條件	藉由	的確	專業	壯觀
風速	發展	產生	實際上	開發

風車，_____ 一點的說法是風力發電機，它主要 _____ 風轉
動葉片來發電，葉片越長，_____ 越快，能 _____ 的風能也
越多。台灣雖然很適合 _____ 風力發電，但是在台灣，春天
和夏天的風並不大，_____ 能發多少電得看天氣。

來自	可能性	開發	設備	投資
話題	透過	面積	安全	建立

最近電子業最熱門的 _____ 是有家大公司要 _____ 新的海
外據點，因此在印度 _____ 了一億美元。他們打算在印度
北部找一塊 _____ 比較大的土地，_____ 工廠，生產電子
_____。

（三）問答練習

1. 你的朋友剛畢業，他不知道做什麼工作好，請你給他一些建議。

優點	方式	比如
跟……有關	條件	專業

2. 為什麼很多人出去吃飯的時候，常常會帶自己的餐盒跟餐具呢？

產生	造成	汙染
導致	由於	過程

十、課後活動（Extension Activities）

（一）問題討論

1. 再生能源是什麼？為什麼我們要發展再生能源呢？請你談談你對再生能源的想法。
2. 很多人認為核能發電很危險，不應該使用核能發電，也有人認為核能很環保，你支持或是反對核能發電呢？
3. 在我們的生活中，做什麼事都要用電，可是地球上的能源越來越少，省電變成一件很重要的事，你有什麼省電的好方法呢？

（二）任務

政府想在你的城市蓋一座火力電廠，但是住在附近的人都反對，所以政府要開一個說明會，分析火力電廠的優缺點，請同學分別扮演政府、當地的居民，討論要不要蓋火力電廠。

（三）主題報告

每一個國家的電力結構都不同，有的國家用火力發電，有的國家靠核能發電，也有的國家選擇風力發電，請你做一份簡報，給同學介紹一下你們國家的能源使用情況。內容應該包括：

1. 你們國家的電力結構，目前你們國家主要選擇哪一種發電方式？

2. 你們國家有沒有使用再生能源？未來打算發展再生能源嗎？

3. 你們國家目前的發電量足夠人民使用嗎？有沒有打算再蓋新的電廠？

4. 你認為什麼發電方式最適合你們國家？

人工智能

一、主題引導（Guide Questions）

1. 你去過無人店吃飯或是買東西嗎？
2. 你知道世界上有名的無人商店或是旅館嗎？
3. AI 發展得越來越快，你擔心自己以後找不到工作嗎？

二、課文摘要（Synopsis）

丁怡君跟林安平考完期末考，一起去餐廳吃飯。他們去的餐廳是一家無人店。安平先用手機裡下載好的 App 點餐，機器人幫他們把餐點做好，就通知他們去取餐。怡君知道人工智能的簡稱是 AI，但並不清楚 AI 到底是什麼。安平告訴怡君為了讓電腦擁有人的智能，首先必須建立大數據資料庫，從這些資料學習到人們的消費規則，處理成具有代表性的資料，再轉換成數字的一維陣列，經過邏輯運算跟統計分析整合，就能知道一個人的消費偏好，以後購物的時候，App 都能替消費者在最快時間裡選出最合適的東西。

三、對話（Dialogue）

（丁怡君跟林安平到夜市附近的餐廳吃飯。）

林安平：怡君！期末考終於考完了，可以輕鬆一下了，才有空約你一起吃飯。

丁怡君：是啊！我最近也忙得不得了，真高興今天能出來鬆口氣。

林安平：那好，你想吃什麼？

丁怡君：我想吃……，欸？這家餐廳怎麼都沒有服務生拿菜單過來？我不知道有哪些可點的。

林安平：噢！忘了告訴你了，今天就是想帶你來這家很特別的無人店吃

吃看的。

丁怡君：無人店？怎麼可能？那我們怎麼點菜？誰來送餐啊？

林安平：用現在最熱門的「人工智能」啊！

丁怡君：「人工智能」？你是說 AI 嗎？其實我不太知道那是什麼。

林安平：對啊！就是 AI，英文叫 "Artificial Intelligence"，簡稱 "AI"，中文說「人工智能」。也就是人先在電腦上訂好規則或數學模型以後，再讓電腦根據輸入的資料，來判斷結果並輸出。

丁怡君：聽起來很神，這是最新的技術嗎？

林安平：不是喔！說起人工智能的歷史，早在第二次世界大戰期間，科學家為了戰爭需要，就開始研究了。到了現在，已普遍應用在技術產業中囉！

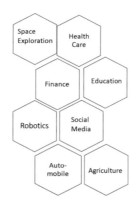

人工智能還能應用在那些地方？

圖片來源：編者自繪

丁怡君：那電腦要怎麼擁有人的智能呢？

林安平：首先必須建立大數據資料庫。比如說，電腦會記錄你每次購物的習慣跟類型，變成一筆一筆數據，然後從這些資料學習到你的消費規則，再處理成具有代表性的資料，這個步驟叫「特徵抽取」。

丁怡君：「特徵抽取」是什麼？

林安平：把它轉換成數字的一維陣列，方便儲存與輸入，再交給電腦演算。經過邏輯運算跟統計分析整合出結果，就能馬上知道你的消費偏好，替你在最快時間選出最適合你的東西。就像網購，買過一次，全世界就都知道你喜歡什麼了。

丁怡君：聽起來真不可思議！除了買東西，還用在哪些方面呢？

林安平：最簡單的就是 24 小時的無人銀行啊！其他像自動駕駛的汽車、機器人、語音或人臉辨識，還有以類神經網絡為基礎，發展出來的生物科技、管理投資應用等，都是拜「人工智能」所賜啊！有意思吧？

丁怡君：有意思是有意思，可是這樣一來，我們人類還有什麼價值？

林安平：話是不錯，不過機器還是比不上真人。比如說像醫生這種工作，人工智能能替病人做精準的檢查和手術，卻做不到醫生面對不同的病人，能憑自己所累積的經驗，發現一些潛在的病因和問題。

丁怡君：對啊！畢竟機器還是人發明的。我相信很多事最後還是要靠人來解決，機器就是要帶給我們更便利的生活嘛！

林安平：嗯！你說的對。那現在就用我手機裡下載好的這家餐廳的 App，一起來點餐吧！機器人把餐點做好，會馬上通知我們，再自己去取餐。

丁怡君：喔！好啊！謝啦！

四、學科主題詞彙（Subject Vocabulary）

1.	**無人**	wúrén	Vs-attr	unmanned
	無人駕駛的汽車可上路，就是運用了人工智能的技術才實現的。			

2.	人工智能	réngōng zhìnéng	N	artificial intelligence
	人工智能也就是人先在電腦上訂好規則或數學模型以後，再讓電腦根據輸入的資料，來判斷結果並輸出。			
3.	數學模型	shùxué móxíng	N	mathematical model
	數學建模的目的就是應用數學模型來解決各種實際問題的過程。			
4.	輸入	shūrù	V	to input
	你先把設計好的文件輸入到電腦裡，再交給 3D 印表機列印。			
5.	輸出	shūchū	V	to output
	我把剛建立的圖表都用印表機輸出了。			
6.	數據	shùjù	N	data
	要用大數據分析以前，首先必須建立大數據資料庫。			
7.	資料庫	zīliàokù	N	database
	這座圖書館的資料庫很大，上他們的網站一定查得到你要找的資料。			
8.	特徵抽取	tèzhēng chōuqǔ	N	feature extraction
	「特徵抽取」可以幫助我們從原始的信號中得到為了產生或表示模式而一定需要的關鍵特徵。			
9.	一維	yìwéi	N	one-dimensional (math)
	把它轉換成數字的一維陣列，方便儲存與輸入，再交給電腦演算。			
10.	陣列	zhènliè	N	array
	把它轉換成數字的一維陣列，方便儲存與輸入，再交給電腦演算。			
	電腦搜尋資料的方法有很多種，在一維陣列或是二維陣列裡面找的搜尋法也不一樣。			
11.	儲存	chǔcún	V/N	to store

	把它轉換成數字的一維陣列，方便**儲存**與輸入，再交給電腦演算。			
	地底下**儲存**的石油已經越來越少了，再生能源就更重要了。			
12.	**演算**	yǎnsuàn	V	to compute, to calculate
	把它轉換成數字的一維陣列，方便儲存與輸入，再交給電腦**演算**。			
	演算法在中國古代的數學書中叫做「術」。			
13.	**運算**	yùnsuàn	V/N	to calculate, (logical) operation
	網路經過邏輯**運算**跟統計分析整合出結果，就能馬上知道你的消費偏好。			
	在數學中，加、減、乘、除是最基本的四則**運算**法。			
14.	**統計**	tǒngjì	V/N	to count, to add up, statistics
	網路經過邏輯運算跟**統計**分析整合出結果，就能馬上知道你的消費偏好。			
	請把報名表交給辦公室，辦公室會**統計**參加的人數。			
15.	**機器人**	jīqìrén	N	robot
	其他像自動駕駛的汽車、**機器人**、語音或人臉辨識，都是拜「人工智能」所賜啊！			
16.	**人臉辨識**	rénliǎn biànshì	N	face recognition
	辨識	biànshì	V/N	to identify; to recognize, recognition
	像自動駕駛的汽車、機器人、語音或**人臉辨識**，還有以類神經網絡為基礎，發展出來的生物科技、管理投資應用等，都是拜「人工智能」所賜啊！			
	是不是基因改造食品，一般人用眼睛**辨識**得出來嗎？			
17.	**類神經網絡**	lèishénjīng wǎngluò	N	neural network (artificial or biological)

	類神經網路是一種模仿生物神經系統的數學模型。			
18.	**生物科技**	shēngwù kējì	N	biotechnology
	應用**生物科技**可以改善農產品的品質。			

五、專有名詞（Proper Noun）

1.	第二次世界大戰	Dì-èr Cì Shìjiè Dàzhàn	World War II
	你知道**第二次世界大戰**是什麼時候發生的嗎？		
2.	**大數據**	dàshùjù	big data
	大數據分析能做的事情比傳統的統計分析能做的多得多。		

六、詞彙（Vocabulary）

1.	取餐	qǔ cān	Ph	to take meal (in a restaurant)
	這家餐廳有服務員送餐，不需要自己**取餐**。			
2.	**鬆口氣**	sōng kǒuqì	Ph	[here] to relax, to feel relived
	我最近忙翻了，真高興今天能出來**鬆口氣**。			
	經過幾天的檢查，終於找到了發電機壞掉的原因，大家都**鬆了一口氣**。			
3.	簡稱	jiǎnchēng	Vst	to abbreviate (to refer to something in short)
	AI，英文叫"Artificial Intelligence"，**簡稱**"AI"，中文說「人工智能」。			

	「離岸風力發電」就是在海上建發電廠，利用風能來發電，**簡稱**「離岸風電」。			
4.	**規則**	guīzé	N	rule, regulation
	「人工智能」也就是人先在電腦上訂好**規則**或數學模型以後，再讓電腦根據輸入的資料，來判斷結果並輸出。			
	談到機率，**規則**之一是：全部實驗結果的機率總和必須等於1。			
5.	**根據**	gēnjù	Prep	according to, based on
	電腦可以**根據**輸入的資料，判斷結果並輸出。			
	根據中央氣象局的分級，台灣的地震震度分為八個等級。			
6.	**資料**	zīliào	N	data, information, profile (Internet)
	我們可以用電腦分析**資料**並建立圖表。			
	想了解3D列印的方式，網路上能找到很多有用的**資料**。			
7.	**判斷**	pànduàn	V	to judge, to determine
	「人工智能」也就是人先在電腦上訂好規則或數學模型以後，再讓電腦根據輸入的資料，來**判斷**結果並輸出。			
	你能在地震發生時用感覺**判斷**出震央在哪裡嗎？			
8.	**神**	shén	Vs	(slang) awesome, amazing
	這個技術聽起來很**神**。真了不起！			
	這個應用軟體能在一秒鐘內就幫你找到最合適的對象。**神**不**神**？			
9.	**期間**	qíjiān	N	period of time
	說起人工智能的歷史，早在第二次世界大戰**期間**，科學家為了戰爭需要，就開始研究了。			
	外國學生在台灣念書**期間**，一定都逛過夜市。			
10.	**科學家**	kēxuéjiā	N	scientist

	說起人工智能的歷史，早在第二次世界大戰期間，**科學家**爲了戰爭需要，就開始研究了。			
	科學家正在積極研究預防疾病的辦法。			
11.	**戰爭**	zhànzhēng	N	war
	說起人工智能的歷史，早在第二次世界大戰期間，科學家爲了**戰爭**需要，就開始研究了。			
	有人認爲人工智能的發展會讓**戰爭**變得更容易發生。			
12.	**普遍**	pǔbiàn	Vs	universal, general, wide-spread, common
	說起人工智能的歷史，早在第二次世界大戰期間，科學家爲了戰爭需要，就開始研究了。到了現在，已**普遍**應用在技術產業中囉！			
	水力發電是台灣目前使用得最**普遍**的再生能源。			
13.	**應用**	yìngyòng	V	to use, to apply
	說起人工智能的歷史，早在第二次世界大戰期間，科學家爲了戰爭需要，就開始研究了。到了現在，已普遍**應用**在技術產業中囉！			
	很多人不喜歡數學，卻不知道生活中到處都**應用**了數學。			
14.	**產業**	chǎnyè	N	industry
	說起人工智能的歷史，早在第二次世界大戰期間，科學家爲了戰爭需要，就開始研究了。到了現在，已普遍應用在技術**產業**中囉！			
	由於人工智能技術越來越進步，帶動了全球**產業**的改變。			
15.	**擁有**	yǒngyǒu	Vst	to have, to possess
	電腦要怎麼**擁有**人的智能呢？			
	有些科學家的研究指出，動物**擁有**預知地震發生的能力。			
16.	**首先**	shǒuxiān	Adv	first (of all)
	電腦要擁有人的智能，**首先**必須建立大數據資料庫。			
	要用三角測量法來測量山的高度時，**首先**要知道定點跟山的距離。			

17.	必須	bìxū	Vaux	have to, be obliged to
	電腦要擁有人的智能，首先**必須**建立大數據資料庫。			
	我們**必須**在九點半以前到機場，要不然坐不上飛機。			
18.	建立	jiànlì	V	to establish, to set up, to create (a database)
	電腦要擁有人的智能，首先必須**建立**大數據資料庫。			
	教育能為國家的發展**建立**良好的基礎。			
19.	記錄	jìlù	V/N	to record; record (written account)
	電腦會**記錄**你每次購物的習慣跟類型，變成一筆一筆數據。			
	地震資料庫的**記錄**可讓地震研究資料更加豐富。			
20.	購物	gòuwù	Vi/N	to shop; shopping
	電腦會記錄你每次**購物**的習慣跟類型，變成一筆一筆數據。			
	她的興趣是網路**購物**。			
21.	類型	lèixíng	N	type, category, genre, form, style
	電腦會記錄你每次購物的習慣跟**類型**，變成一筆一筆數據。			
	根據 3D 列印方式的不同，印表機也有不同的**類型**。			
22.	消費	xiāofèi	N/V	consumption; to consume
	電腦會記錄你每次購物的習慣跟類型，變成一筆一筆數據，然後從這些資料學習到你的**消費**規則。			
	隨著購物軟體的便利化，人們隨時隨地可以在網上**消費**。			
23.	具有	jùyǒu	Vst	possess, have, be provided with

	電腦會記錄你每次購物的習慣跟類型，變成一筆一筆數據，然後從這些資料學習到你的消費規則，再處理成**具有**代表性的資料，這個步驟叫「特徵抽取」。			
	基因改造的生物因為**具有**外來基因，很可能會出現想不到的新功能和新狀況。			
24.	**代表性**	dàibiǎoxìng	N	representativeness
	電腦會記錄你每次購物的習慣跟類型，變成一筆一筆數據，然後從這些資料學習到你的消費規則，再處理成具有**代表性**的資料，這個步驟叫「特徵抽取」。			
	太陽能、風力和地熱，都是具**代表性**的再生能源。			
25.	**步驟**	bùzòu	N	procedure, step
	電腦會記錄你每次購物的習慣跟類型，變成一筆一筆數據，然後從這些資料學習到你的消費規則，再處理成具有代表性的資料，這個**步驟**叫「特徵抽取」。			
	用 Excel 計算三角函數的**步驟**，在說明裡都找得到。			
26.	**轉換**	zhuǎnhuàn	V	to change, to switch, to convert, to transform
	特徵抽取的目的是為了把它**轉換**成數字的一維陣列，方便儲存與輸入，再交給電腦演算。			
	你知道怎麼把 Word **轉換**成 PDF 嗎？			
27.	**邏輯**	luójí	N	logic
	經過**邏輯**運算跟統計分析整合出結果，就能馬上知道你的消費偏好。			
	邏輯好的人，數學一定也很好嗎？			
28.	**分析**	fēnxī	V/N	to analyze; analysis
	經過邏輯運算跟統計**分析**整合出結果，就能馬上知道你的消費偏好。			
	請你把這個樣本送到實驗室去**分析**一下裡面的成分。			
29.	**整合**	zhěnghé	V	to conform, to integrate

	經過邏輯運算跟統計分析**整合**出結果，就能馬上知道你的消費偏好。			
	王小姐下載了能**整合**帳戶的理財軟體，控制消費後，省了不少錢。			
30.	偏好	piānhào	N/V	preference; to prefer
	經過邏輯運算跟統計分析整合出結果，就能馬上知道你的消費**偏好**。			
	小陳**偏好**穿黑色的衣服，看起來比較瘦。			
31.	不可思議	bùkěsīyì	IE	inconceivable, unimaginable, unfathomable
	A：就像網購，買過一次，全世界就都知道你喜歡什麼了。 B：聽起來真**不可思議**！			
	3D 列印在過去是**不可思議**的技術，現在卻越來越普遍。			
32.	駕駛	jiàshǐ	V/N	to drive, to pilot (ship, airplane etc); driver
	像自動**駕駛**的汽車、機器人、語音或人臉辨識，還有以類神經網絡為基礎，發展出來的生物科技、管理投資應用等，都是拜「人工智能」所賜。			
	根據交通部的研究，**駕駛**只睡四小時就駕駛汽車，發生車禍的機率會提高十倍。			
33.	語音	yǔyīn	N	voice
	像自動駕駛的汽車、機器人、**語音**或人臉辨識，還有以類神經網絡為基礎，發展出來的生物科技、管理投資應用等，都是拜「人工智能」所賜。			
	現在**語音**輸入軟體的種類很多，也是手機的基本功能之一了。			
34.	管理	guǎnlǐ	V/N	to supervise, to manage, to administer; management, administration
	像自動駕駛的汽車、機器人、語音或人臉辨識，還有以類神經網絡為基礎，發展出來的生物科技、**管理**投資應用等，都是拜「人工智能」所賜。			

	要讓再生能源發電發展得好，如何**管理**發電設備是重要的工作。			
35.	**投資**	tóuzī	N/V	investment; to invest
	像自動駕駛的汽車、機器人、語音或人臉辨識，還有以類神經網絡爲基礎，發展出來的生物科技、管理**投資**應用等，都是拜「人工智能」所賜。			
	老王**投資**股票賠了很多錢。			
36.	**價值**	jiàzhí	N	value
	這棟房子雖然看起來很舊，但是是全台第一棟西洋建築，因此很有歷史**價值**。			
	鮭魚營養**價值**很高。			
37.	**精準**	jīngzhǔn	Vs	accurate, exact, precise
	人工智能能替病人做**精準**的檢查和手術。			
	能**精準**預測出地震發生的時間跟地方，是科學家一直努力的目標。			
38.	**手術**	shǒushù	N	(surgical) operation; surgery
	人工智能能替病人做精準的檢查和**手術**。			
	根據國家的統計資料顯示，2015年全台灣共有460萬人住院做**手術**。			
39.	**憑**	píng	Prep	to rely on, on the basis of
	醫生面對不同的病人，能**憑**自己所累積的經驗，發現一些潛在的病因和問題。			
	林同學的學費都是**憑**自己的能力打工賺來的。			
40.	**累積**	lěijī	V	to accumulate
	醫生面對不同的病人，能憑自己所**累積**的經驗，發現一些潛在的病因和問題。			
	地底下的能量持續**累積**，就容易發生大地震。			
41.	**潛在**	qiánzài	Vs-attr	hidden, potential, latent

	醫生面對不同的病人，能憑自己所累積的經驗，發現一些**潛在**的病因和問題。			
	基因改造食品可能有**潛在**的風險，但是價格比較低。			
42.	**病因**	bìngyīn	N	cause of disease, pathogen
	醫生面對不同的病人，能憑自己所累積的經驗，發現一些潛在的**病因**和問題。			
	也許未來靠手機軟體，自己就能發現**病因**，再請醫生治療。			
43.	**靠**	kào	Prep	to depend on
	我相信很多事最後還是要**靠**人來解決，機器就是要帶給我們更便利的生活嘛！			
	發展智慧醫療得**靠**大數據資料庫與人工智能結合。			

七、句型（Sentence Patterns and Constructions）

1. 說起 shuōqǐ　　to mention; to bring up (a subject); with regard to; as for

說話的人用「說起」帶入談話主題，談和這個主題相關的事。「說起」和「說到」的用法差不多，但是，說話者用「說起」的時候，也常常會提到跟話題有關的歷史。

➢ **說起**人工智能的歷史，早在第二次世界大戰期間，科學家為了戰爭需要，就開始研究了。

➢ **說起**考試，總是讓學生緊張。

➢ **說起**台北，大多數外國人都最先想到台北 101。

練習

① 說起 _____，就一定會想到 _____。

② A：你知道中國最有名的大城市是哪裡嗎？

　　B：_____。

2. 為了 wèile　in order to

「為了」常常放在複句的動詞前面，表示做某一件事和做那件事的目的。「為了」的後面是目的，可以是表示目的的名詞，也可以是動詞。

➢ 說起人工智能的歷史，早在第二次世界大戰期間，科學家**為了**戰爭需要，就開始研究了。

➢ 王先生**為了**把中文學好，決定到台灣來。

➢ **為了**吃美食，小張願意排隊等一、兩個鐘頭。

練習

① 小李為了 _____ ，每天打兩份工。

② 為了找到好工作，_____。

3. 以……為…… yǐ...wéi　take...as...

「以……為……」有「用……當作……」的意思。「以」和「為」的後面大多是名詞或名詞短語，常用在書面語或正式語體。

➢ 像自動駕駛的汽車、機器人、語音或人臉辨識，還有**以**類神經網絡**為**基礎，發展出來的生物科技、管理投資應用等，都是拜「人工智能」所賜啊！

➢ 台灣的地震分級是**以**中央氣象局的地震震度分級**為**標準。

➢ 這篇論文**以**大學生**為**研究對象。

練習

① 我們國家以 _____ 為基礎發展經濟。會不會更容易一些。

② A：這家餐廳主要的特色是什麼？

B：_____。

4. 拜……所賜 bài...suǒcì　be thanks to...

謝謝……給的。在「拜……所賜的」中間的內容是原因。用在正面或負面都可以，負面語義有諷刺的意思。

➤ 像自動駕駛的汽車、機器人、語音或人臉辨識，還有以類神經網絡為基礎，發展出來的生物科技、管理投資應用等，都是拜「人工智能」所賜啊！

➤ 拜颱風所賜，水庫已經裝滿了水。

➤ 現在人們不必再花大錢打國際電話，都是拜網路發達所賜。

練習

① 他的病能好得這麼快，都是拜 _____ 所賜。

② A：前幾天你不是說你這個月的生活費都不夠了，怎麼還有錢買這麼貴的新手機？

B：_____。

5. 這樣一來 zhèyàng yì lái　thus; if this happens then

「這樣一來」是一個連接前文和後文的標記。意思是「這樣做的話」，後面是結果或影響。

➤ 人工智能的應用有意思是有意思，可是這樣一來，我們人類還有什麼價值？

➤ 把熱水器換成太陽能的，這樣一來，可省不少天然氣費。

➤ A：下個月我要到中國去念書了。

B：這樣一來，你就得學簡體字了。

練習

① 謝謝你替我找到這個好工作，這樣一來，＿＿＿＿＿＿＿＿＿＿。

② A：我今天的實驗還沒做完，就停電了。

　　B：＿＿＿＿＿＿＿＿＿＿＿＿＿＿＿＿＿＿＿＿。

6. 比不上 bǐbúshàng　can't compare with

比方說，小張的英文「比不上」小王的英文，意思是小張的英文沒有小王好。也就是說，小王的英文比小張好。

➤ 機器還是**比不上**真人。比如說像醫生這種工作，人工智能能替病人做精準的檢查和手術，卻做不到醫生面對不同的病人，能憑自己所累積的經驗，發現一些潛在的病因和問題。

➤ 鄉下的交通**比不上**城市的方便。

➤ 黃小姐的英文好得不得了，全公司都**比不上**她。

練習

① 有些父母的想法是孩子做什麼都比不上＿＿＿＿＿＿＿＿。

② A：你們國家跟台灣比起來，哪裡的物價比較高？

　　B：＿＿＿＿＿＿＿＿＿＿＿＿＿＿＿＿＿＿。

7. 卻 què　but; yet; however; while

「卻」是副詞，常跟「不過」、「可是」、「但是」、「沒想到」一起用，放在第二句，表示跟前面說的或預期的情形不一樣。

➤ 人工智能能替病人做精準的檢查和手術，**卻**做不到醫生面對不同的病人，能憑自己所累積的經驗，發現一些潛在的病因和問題。

➤ 方同學說要請我吃飯，**卻**忘了帶錢來。

➤ 這次實驗雖然沒成功，**卻**讓我們找到了問題點。

練習

① 你女朋友對你這麼好，沒想到你卻 ＿＿＿＿＿＿＿＿＿。

② A：她的病不是上個星期才好嗎？怎麼又病了？

　 B：＿＿＿＿＿＿＿＿＿＿＿＿＿＿＿＿＿＿＿＿＿。

8. 畢竟 bìjìng　after all, all in all, when all is said and done

「畢竟」是副詞，意思是不管怎麼樣，事情從根本來看，情況還是「畢竟」後面說的情形。「畢竟」可以在動詞的前面，也可以在句子的開始。

➢ A：人工智能能替病人做精準的檢查和手術，卻做不到醫生面對不同的病人，能憑自己所累積的經驗，發現一些潛在的病因和問題。

　 B：對啊！**畢竟**機器還是人發明的。我相信很多事最後還是要靠人來解決。

➢ 他**畢竟**還是個孩子，不要對他生那麼大的氣。

➢ **畢竟**已經開學了，就不能想去玩就去玩了。

練習

① 機器人畢竟 ＿＿＿＿＿＿＿＿＿，沒辦法 ＿＿＿＿＿＿＿＿＿。

② A：十年沒回家，這次回來，好多人都不認識我了。

　 B：＿＿＿＿＿＿＿＿＿＿＿＿＿＿＿＿＿＿＿＿＿。

八、近似詞（Synonyms）

1.	熱門	流行	2.	規則	規定
3.	根據	按照	4.	期間	時間／時代
5.	普遍	普通	6.	擁有	有

7.	首先	第一	8.	必須	得
9.	建立	成立	10.	類型	類
11.	還有	另外	12.	價值	價錢
13.	精確	準確	14.	卻／不過	但是／可是
15.	憑	靠	16.	畢竟	到底

九、綜合練習（Exercises）

（一）重述練習

1. 什麼叫人工智能？

英文叫 "Artificial Intelligence"，簡稱 "AI"。就是人先在電腦上 _____ 或 _____ 以後，再讓電腦根據 _____，來 _____ 並 _____。早在 _____ 期間，科學家為了 _____ 需要，就開始研究了。到了現在，已 _____ 應用 在 _____ 中了。

2. 電腦要怎麼擁有人的智能？

首先必須建立 _____。比如說，電腦會記錄 _____，變成一筆一筆 _____，然後從 _____ 學習到 _____，再處理成 _____，這個步驟叫 _____。

3. AI 已經用在哪些方面？

最簡單的就是 _____，其他像 _____、_____、_____，還有以 _____ 為基礎，發展出來的 _____、_____ 等，都是拜 _____ 所賜。

（二）詞語填空

卻	累積	精準	潛在
畢竟	整合	產業	擁有
應用	判斷	價值	憑

雖然人工智能已經 _____ 在許多 _____，但是機器 _____ 是機器，還是比不上真人。像醫生這種工作，人工智能可以替病人做 _____ 的檢查和手術，_____ 做不到像醫生面對不同的病人，能 _____ 自己過去所 _____ 的經驗，去發現一些未知的或 _____ 的病因和問題，所以人類還是有 _____ 的。

具有	判斷	記錄	偏好
運算	步驟	大數據	轉換
普遍	整合	模型	消費

為了讓電腦擁有人的智能，首先必須建立 _____ 資料庫，比如說電腦會 _____ 上網買東西的人每次 _____ 的習慣跟類型，從這些資料學習到他的購物規則，處理成 _____ 代表性的資料，再 _____ 成數字的一維陣列，經過邏輯 _____ 跟統計分析 _____ 出結果，就能知道一個人的購物 _____，以後這個人上網買東西的時候，App 都能在最快時間裡 _____ 他的需求，並且選出最適合他的東西。

（三）問答練習

1. 請談談人工智能發展的歷史和目前應用的情況。

說起……	為了……	拜……所賜	普遍	這樣一來
分析	無人	大數據	不可思議	整合

2.你認為未來人工智能還能往哪些方面發展？為什麼？

憑	以……為……	卻	畢竟	比不上
精準	未知	潛在	累積	產業

十、課後活動（Extension Activities）

（一）任務

請調查班上同學是不是以前在網上買過東西，請同學說說他們喜歡的購物平台，會不會記錄他們買過的東西，以後讓他們看很多跟這些東西有關係的廣告？

姓名	在網上買過東西嗎？ 有什麼常用的網站？ 為什麼使用這些網站？	網路購物的經驗如何？

（二）主題報告

大數據對人類的生活有哪些影響？

（三）辯論

請以「人工智能的發展對人類社會有利／不利」為題目分組辯論。

數學與測量

一、主題導引（Guide Question）

1. 你喜歡爬山嗎？
2. 在你看來，多少公尺以上的山算是「高山」？
3. 山的高度都是怎麼測量出來的？

二、課文摘要（Synopsis）

　　周家君的登山社下個月要爬玉山，他邀國際學生小林春樹一起去。登山在台灣是很熱門的運動，因此春樹也想趁著在台灣留學期間爬幾座「百岳」。家君說台灣有兩百六十幾座三千公尺以上的山，春樹很好奇，想知道山的高度是怎麼測量出來的。家君跟春樹說了三種方法，其中最簡單也最常用的是三角測量法。三角測量法需要用到數學中的畢氏定理和三角比，因此，家君也給春樹舉了一個例子，說明一座山的高度是怎麼算出來的。這種算法也能算出建築物的高度喔。

三、對話（Dialogue）

周家君：春樹，下個月我們登山社要去爬玉山，你想一起來嗎？

小林春樹：我發現在台灣登山是很熱門的運動。我也想趁著在這裡念書的期間爬幾座百岳。

周家君：那你更應該跟我們去爬玉山。玉山主峰是台灣第一高峰，高度是 3,952 公尺。台灣三千公尺以上的山有兩百六十幾座。

小林春樹：那麼多啊！山的高度都是怎麼測量出來的呢？

周家君：據專家說，測量山的高度的方法包括三角測量法、衛星測量法、氣壓測量法和溫度測量法等等。

小林春樹：那麼，哪種方法比較準確呢？

周家君：衛星測量是目前最精確的測量法，但是，以前最常用也最簡單的方法是三角測量法。

小林春樹：我還記得三角形直角的兩股平方和等於斜邊的平方。

周家君：真不錯耶！你還記得畢氏定理。不過，除了畢氏定理，還需要應用到三角比喔。

小林春樹：我只記得定理和公式，要怎麼應用，還得向你請教。

周家君：首先，要知道鉛直線、水平線和視線這三條線。鉛直線是從山頂到地面上的垂直高度；水平線就是從地面上任何一點跟鉛直線垂直的那條線。

小林春樹：你所說的視線，就是測量時眼睛望向山頂的直線吧？

周家君：沒錯。接著，要說到仰角了。仰角就是視線跟水平線之間的夾角。

小林春樹：所以，我們只要知道在同一直線上的兩個不同位置的仰角斜率，就能測出山的高度囉？

周家君：你真厲害！能馬上舉一反三。

小林春樹：謝謝誇獎！但是，要怎麼算呢？

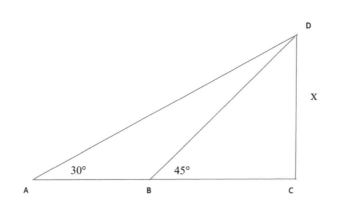

圖片來源：編者自繪

周家君：來，我用一個直角三角形算給你看。如果我們從山下看著山頂

時所站的位置是 A，令山頂為 D；山頂的正下方為 C，水平線 AC 就是這個三角形的底；垂直線 CD 是高；視線 AD 就是斜邊。當仰角是 45 度的時候，底和高兩邊是一樣長的。知道了底的長度，就可以知道山的高度了。但是，我們不太可能直接找到 C 的位置，這時候就需要用到三角比。所以，如果 AD 的仰角是 30 度，令高度 CD 為 X，tan30 度就是 AC 分之 X，等於根號 3 分之 1，AC 就是根號 3 乘以 X。如果我們再往前直走 300 公尺到 B 點，仰角變成了 45 度，tan45 度斜率等於 1，BC 就等於 CD，也等於 X。因為 AC 減 BC 等於 AB，也就是 300 公尺，所以根號 3X 減 X 等於 300，X 就等於 300 除以根號 3 減 1。根號 3 大約是 1.732，所以 X 就等於 300 除以 0.732，大約是 410 公尺。

$$\tan 30° = \frac{x}{AC} = \frac{1}{\sqrt{3}}$$

$$AC = \sqrt{3}x$$

$$\tan 45° = \frac{x}{BC} = 1$$

$$BC = x$$

$$AC - BC = 300 = \sqrt{3}x - x = (\sqrt{3} - 1)x$$

$$x = \frac{300}{\sqrt{3}-1} \approx \frac{300}{1.732-1} = 300 \div 0.732$$

$$x \approx 410$$

小林春樹：太好了！看來，我們也可以用這個方法算出大樓的高度囉。
周家君：沒錯！試試看吧。

四、學科主題詞彙（Subject Vocabulary）

1.	三角測量法	sānjiǎocèliángfǎ	N	triangulation (surveying)
	三角測量法可以用來測量山的高度。			
2.	畢氏定理	Bìshìdìnglǐ	N	Pythagorean Theorem
	畢氏定理可以應用在建築、製造、導航（GPS）很多領域。			
3.	三角	sānjiǎo	N	triangle
	三角學是數學的一個分支，主要研究三角形，以及三角形的邊和角的關係。			
4.	定理	dìnglǐ	N	established theory, theorem (math)
	畢氏定理在畢氏出生地一千年以前就已經在很多地方應用了。			
5.	三角比	sānjiǎobǐ	N	Triangle ratio
	三角測量法需要用到數學中的畢氏定理和三角比。			
6.	直角	zhíjiǎo	N	a right angle
	在三角學中，直角就是90度的角。			
7.	股	gǔ	N	strand
	直角三角形的兩股平方和等於斜邊的平方。			
8.	平方	píngfāng	N	square (as in square foot, square mile, square root)
	2 的平方是4。			
9.	和	hé	N	sum, summation
	直角三角形的兩股平方和等於斜邊的平方。			
10.	等於	děngyú	Vst	to equal, to be tantamount to

	直角三角形的兩股平方和**等於**斜邊的平方。			
	7 加 3 **等於** 10。			
11.	**斜邊**	xiébiān	N	hypotenuse, sloping side
	直角三角形**斜邊**的長度可以用畢氏定理來計算。			
12.	**公式**	gōngshì	N	formula
	有不少人一想到以前讀中學的生活，就會想到背不完的數學**公式**。			
13.	**令／設…為…**	lìng/ shè…wéi…	Ph	let…be… (mathematics)
	如果我們從山下看著山頂時所站的位置是 A，**令**山頂**為** D；山頂的正下方為 C，水平線 AC 就是這個三角形的底。			
14.	**鉛直線**	qiānzhíxiàn	N	straight line
	鉛直線一般是指跟地的水平線剛好是 90 度的一條線。			
15.	**水平線**	shuǐpíngxiàn	N	horizontal line
	他站在海邊，看著太陽在很遠的**水平線**慢慢消失。			
16.	**垂直**	chuízhí	Vs	perpendicular, vertical
	如果兩條線互相**垂直**，這兩條線的夾角是 90 度。			
17.	**直線**	zhíxiàn	N	straight line
	一般人走的時候是走**直線**的，如果一個人走路像喝了太多酒的話，最好去看醫生。			
18.	**仰角**	yǎngjiǎo	N	elevation, angle of elevation
	如果視線在水平線以上，那麼視線和水平線的夾角就叫做**仰角**			
19.	**夾角**	jiájiǎo	N	angle (between two intersecting lines)
	你知道要用什麼公式才能算出兩條直線的**夾角**嗎？			
20.	**斜率**	xiélǜ	N	slope (mathematics)

	對數學有興趣的人，一定了解**斜率**的意義。			
21.	**底**	dǐ	N	background, bottom (mathematics)
	把三角形的高除以**底**，就可以知道三角形最長的直線的斜率是多少了。			
22.	**垂直線**	chuízhíxiàn	N	vertical line
	鉛直線又可以叫做**垂直線**。			
23.	**度**	dù	N	degree (angles, temperature etc)
	三角形的三個內角加起來是 180 **度**。			
24.	**根號**	gēnhào	N	radical sign $\sqrt{}$ (mathematics)
	很多人以為 4 開**根號**是 2，但是卻忘了**根號** 4 也可能是 -2。			
25.	**乘**	chéng	V	to multiply (mathematics)
	2 **乘** 2 等於 4。			
26.	**乘以**	chéngyǐ	Ph	multiplied by
	3 **乘以** 7 等於 21。			
27.	**減**	jiǎn	V	to decrease, to reduce
	12 **減** 6 等於 6。			
28.	**已知**	yǐzhī	V	to have known (science)
	我們**已知**小明買了 2 個漢堡及一包 45 元的薯條，一共花了 165 元，請問他買的漢堡一個多少錢？			
29.	**除**	chú	V	to divide (mathematics)
	3 **除** 6 等於 2。			
30.	**除以**	chúyǐ	Ph	divided by

	10 **除以** 2 等於 5。

五、專有名詞（Proper Noun）

1.	**玉山**	Yù Shān	Mount Yu, the highest mountain in Taiwan (3952 m)
	我們登山社下個月要爬**玉山**。		
2.	**百岳**	bǎiyuè	Top 100 mountains
	玉山是台灣最有名的**百岳**。		

六、詞彙（Vocabulary）

1.	**登山社**	dēngshānshè	N	mountaineering club
	下個月我們**登山社**要去爬玉山，你想一起來嗎？			
	我愛爬山，一進大學就加入了**登山社**。			
	登山	dēngshān	V-sep	to mountaineer
	他一放假就去**登山**。			
2.	**熱門**	rèmén	Vs	popular, hot
	我發現在台灣登山是很**熱門**的運動。			
	大多數的父母希望子女念**熱門**科系。			
3.	**期間**	qíjiān	N	period of time
	我想趁著在這裡念書的**期間**爬幾座百岳。			
	暑假**期間**，我參加了一個國際學生交流活動。			

4.	主峰	zhǔfēng	N	main peak (of a mountain range)
	玉山**主峰**是台灣第一高峰，高度是 3952 公尺。			
	喜瑪拉雅山**主峰**的高度是 8848 公尺。			
5.	高度	gāodù	N	height, altitude
	玉山主峰是台灣第一高峰，**高度**是 3952 公尺。			
	這張桌子的**高度**是 75 公分。			
6.	以上	yǐshàng	Ph	more than, above, over
	台灣三千公尺**以上**的山有兩百六十幾座。			
	研究生的學期成績必須在 80 **以上**才及格。			
7.	測量	cèliáng	V	to measure
	（這些）山的高度都是怎麼**測量**出來的呢？			
	現代人常用溫度計來**測量**體溫。			
8.	包括	bāokuò	V	to include
	測量山的高度的方法**包括**三角測量法、衛星測量法、氣壓測量法和溫度測量法等等。			
	中文能力應該**包括**聽、說、讀、寫中文的能力。			
9.	衛星	wèixīng	N	satellite
	測量山的高度的方法包括三角測量法、**衛星**測量法、氣壓測量法和溫度測量法等等。			
	地球的**衛星**是月球。			
10.	目前	mùqián	N	at the present, now
	衛星測量是**目前**最精確的測量法。			
	他三個月以前才開始學中文，**目前**已經能用中文聊天了。			

11.	**簡單**	jiǎndān	Vs	simple, easy
	衛星測量是目前最精確的測量法，但是，以前最常用也最**簡單**的方法是三角測量法。			
	林教授演講開始的時候，會先做一個**簡單**的自我介紹。			
12.	**氣壓**	qìyā	N	atmospheric pressure, barometric pressure
	測量山的高度的方法包括三角測量法、衛星測量法、**氣壓**測量法和溫度測量法等等。			
	影響**氣壓**的主要原因是高度和溫度。			
13.	**溫度**	wēndù	N	temperature
	測量山的高度的方法包括三角測量法、衛星測量法、氣壓測量法和**溫度**測量法等等。			
	這個月的平均**溫度**是 23 度。			
14.	**等等**	děngděng	Ph	et cetera, and so on
	測量山的高度的方法包括三角測量法、衛星測量法、氣壓測量法和溫度測量法**等等**。			
	她喜歡的運動包括籃球、桌球、體操和游泳**等等**。			
15.	**準確**	zhǔnquè	Vs	accurate
	據說不同的方法測量出來的高度會有些差距。哪種方法比較**準確**呢？			
	如果發音不**準確**，有可能造成溝通上的誤會。			
16.	**精確**	jīngquè	Vs	accurate, precise
	衛星測量是目前最**精確**的測量法。			
	數學界已經給直角三角形下了一個**精確**的定義。			
17.	**三角形**	sānjiǎoxíng	N	triangle
	三角形直角的兩股平方和等於斜邊的平方。			

	在平面上的**三角形**的三個內角的總和是 180 度。			
18.	**向**	xiàng	Prep	to, towards
	我只記得定理和公式，要怎麼應用，還得**向**你請教。			
	紅燈的時候，車子能**向**右轉嗎？			
19.	**視線**	shìxiàn	N	sight
	你所說的**視線**，就是測量時眼睛望向山頂的直線吧？			
	如果帶狗出門散步，最好別讓狗離開我們的**視線**。			
20.	**之間**	zhījiān	N	between, among
	仰角就是視線跟水平線**之間**的夾角。			
	網路改變了人與人**之間**的距離。			
21.	**山頂**	shāndǐng	N	hilltop
	如果用三角測量法測量山的高度，要先知道鉛直線、水平線和視線這三條線。鉛直線是從**山頂**到地面上的垂直高度；水平線就是從地面上任何一點跟鉛直線垂直的那條線。			
	我們只要再走十分鐘就能到**山頂**了。			
22.	**地面**	dìmiàn	N	ground
	如果用三角測量法測量山的高度，要先知道鉛直線、水平線和視線這三條線。鉛直線是從山頂到**地面**上的垂直高度；水平線就是從地面上任何一點跟鉛直線垂直的那條線。			
	這個房間的天花板、牆面和**地面**的設計都很特別。			
23.	**任何**	rènhé	Det	any, whichever
	鉛直線是從山頂到地面上的垂直高度；水平線就是從地面上**任何**一點跟鉛直線垂直的那條線。			
	爲了做好實驗，這個週末**任何**活動我都不參加。			
24.	**不同**	bùtóng	Vs	different

	我們只要知道在同一直線上的兩個**不同**位置的仰角斜率，就能測出山的高度囉。			
	心理學的研究發現，人在說**不同**語言的時候，也會表現出**不同**的個性。			
25.	位置	wèizhì	N	position
	我們只要知道在同一直線上的兩個不同**位置**的仰角斜率，就能測出山的高度囉。			
	他搭飛機的時候喜歡靠窗的**位置**。			
26.	測	cè	V	to measure
	我們只要知道在同一直線上的兩個不同位置的仰角斜率，就能**測**出山的高度囉。			
	心理測驗真的能**測**出一個人的性格嗎？			
27.	厲害	lìhài	Vs	awesome
	A：沒錯。接著，要說到仰角了。仰角就是視線跟水平線之間的夾角。 B：所以，我們只要知道在同一直線上的兩個不同位置的仰角斜率，就能測出山的高度囉？ A：你真**厲害**！能馬上舉一反三。			
	他40分鐘能跑完10公里，真**厲害**！			
28.	舉一反三	jǔyī fǎnsān	IE	to deduce many things from one case
	A：我們只要知道在同一直線上的兩個不同位置的仰角斜率，就能測出山的高度囉。 B：你真厲害！能馬上**舉一反三**。			
	他對學過的東西都能**舉一反三**，所以學得特別好。			
29.	大約	dàyuē	Adv	approximately, probably
	這座山的高度**大約**只有410公尺。			
	從學校開車到機場**大約**要20分鐘。			

30.	**建築物**	jiànzhúwù	N	building
我可以用這個三角測量法算出**建築物**的高度。				
那個城市有不少有名的**建築物**。				

七、句型（Sentence Patterns and Constructions）

1. **趁** chèn　to take advantage of; when
   也可以說「趁著」，「趁」的後面是機會或是條件，利用這個機會或條件做一件事。

   ➤ 我想**趁**著在這裡念書的期間爬幾座百岳。
   ➤ 為了趕報告開了好幾天夜車，**趁**著週末，我要好好睡一覺。
   ➤ 小狗**趁**著主人不注意偷吃了餅乾。

   練習
   ① 好久沒去旅行了，我打算趁著 ＿＿＿＿＿＿＿＿＿＿＿＿＿＿＿＿。
   ② A：暑假你想做什麼？
   　　B：＿＿＿＿＿＿＿＿＿＿＿＿＿＿＿＿＿＿＿。

2. **據……說** jùshuō　it is said that; reportedly
   「據……說」的意思是「根據……的說法」，後面接著引述的說法。

   ➤ **據**專家**說**，不同的方法測量出來的高度會有些差距。
   ➤ A：數學家納許（John F. Nash）為什麼得到諾貝爾經濟學獎？
   　　B：**據**學術界**說**，納許的研究成果對經濟學有很大的貢獻，所以他得了諾貝爾經濟學獎。

> A：**據**網路**說**，吃素皮膚會變好。

   B：這只是據說，還沒有科學根據。

練習

① 據專家說，吃太多維他命可能 _____ 。

② A：_____ 。

   B：真的嗎？那以後我們得小心一點。

3. 以上 yǐshàng　 that level or higher; that amount or more

「以上」放在數字或數量短語的後面，這個數量包括或是超過這個數字。10 歲以上的人，就是 10 歲和超過 10 歲，例如 11、12、20、55……的人。

> 台灣三千公尺**以上**的山有兩百六十幾座。

> 這家公司，工作滿一年**以上**就會加 20% 的薪水。

> 12 歲**以上**的兒童搭火車必須買全票。

練習

① 按照這個國家的規定，_____ 以上的兒童都得上學。

② A：台灣的夏天有多熱？

   B：_____ 。

4. 不過 búguò　 but; however

「不過」和「但是」的用法有點像，語氣比「但是」緩和。如果前面的句子是承諾，「不過」的後面常常是承諾的條件。

> 這部電影很不錯，**不過**，男主角的演技要加強。

> 我可以幫你搬家，**不過**，我只有週末才有空。

練習

① 如果你租不到合適的房子，可以暫時住我家。不過，_____。

② A：這個週末，你可以幫我搬家嗎？

　　B：_____。

5. 除了 chúle　besides, apart from (...also...), in addition to, except (for)

「除了……，還……」的意思是，不算「除了」後面的東西或是事情，還有別的。

➤ A：三角測量法？那不就要用到畢氏定理了？我還記得三角形直角的兩股平方和等於斜邊的平方。

　　B：真不錯耶！不過，**除了**畢氏定理，**還**需要應用到三角比喔。

➤ 從這裡到機場很方便。**除了**捷運，**還**有機場巴士。

➤ 他的興趣很多，**除了**音樂和文學，**還**有運動。

練習

① 我們學校除了文學院、理學院、和工學院，還有_____。

② A：你的籃球打得很好，這是你最喜歡的運動吧？

　　B：是啊。但是_____。

6. 所……的…… suǒ...de...　a construction to introduce something or some-where people work on or with

在「所 V 的（N）」裡面的名詞或名詞短語常常是動詞的賓語。這個構式常常作為一句話的主題或是重要的訊息。

➤ 如果我們從山下看著山頂時**所**站**的**位置是 A，令山頂為 D；山頂的正下方為 C，水平線 AC 就是這個三角形的底；垂直線 CD 是高；視線 AD 就是斜邊。

➤ 我把老師上課時**所**教過的生詞都記住了。

➤ 我**所**說**的**都是他告訴我的。

練習

① 我要把旅行的時候所 _____ 過的 _____ 都拍下來做成影片。

② 他畢業以前把在學校 _____ 都送給同學了。

7. 首先……，接著…… shǒuxiān..., jiēzhe...　first (of all), in the first place

「首先……，接著……」常用來說做事的先後順序。「首先」的後面是第一件事，「接著」的後面是下一件事。

➤ 如果要測量山的高度，可以用三角測量法。**首先**，要知道鉛直線、水平線和視線這三條線。**接著**，要知道仰角的斜率。

➤ 準備申請學校以前，**首先**要上網找資料，**接著**再準備申請。

➤ 做餅乾很簡單。**首先**把麵粉、雞蛋、奶油等等材料都放在碗裡，**接著**開始攪拌，攪拌好了就可以放進烤箱裡了。

練習

① 游泳以前首先要 _____ ，接著 _____ 。

② A：你知道怎麼申請獎學金嗎？

　　B：知道啊。_____ 。

8. ……分之…… ...fēn zhī... (fraction)　The construction ……分之…… is used to indicate the fractional numbers. The words before and after 分之 are usually an integer number. The first number is denominator and the second one is molecular.

x 分之 y 就是 y/x。如果用 1/3 當作例子，x 是 3，y 是 1，說成三分之一。

➢ 如果我們從山下看著山頂時所站的位置是 A，令山頂為 D；山頂的正下方為 C，水平線 AC 就是這個三角形的底；垂直線 CD 是高；視線 AD 就是斜邊。如果仰角是 30 度，令高度為 X，tan30 度就是 AC 分之 X，等於根號 3 分之 1

➢ 我們系有三分之一的學生是國際學生。

➢ 他把獎學金的十分之一用來付房租。

練習

① 人每天有 _____ 之一的時間都在睡覺。

② A：你們系上有多少國際學生？

　 B：_____。

9. 看來 kànlái　apparently; it seems that

「看來」常用來連接前後文。說話者知道一個情況之後，先說「看來」，然後說出自己對情況的判斷或計畫。

➢ A：我們只要知道在同一直線上的兩個不同位置的仰角斜率，就能測出山的高度囉？

　 B：**看來**，我也可以用這個方法算出建築物的高度囉。

➢ 我沒趕上公車，下一班半小時以後才來，**看來**，我得搭計程車了。

➢ A：我下個星期要交一份報告，到現在一頁都還沒寫完。

　 B：**看來**，你週末不能出去玩了。

練習

① A：我好久沒打球了。

　 B：看來，_____。

② A：我今天晚上要上課到九點。

　 B：_____。

八、近似詞（Synonyms）

1.	熱門	熱鬧	2.	期間	時間
3.	測量	測驗	4.	目前	現在
5.	準確	精確	6.	大約	大概

九、綜合練習（Exercises）

（一）重述練習

1. 山的高度是怎麼測量出來的？哪種方法比較準確？

據 _____ 說，_____ 的方法包括 _____

_____ 和 _____ 。

_____ 是目前最 _____ 的測量法，但是最

_____ 的方法是 _____ 。

2. 來算算下面這個直角三角形的斜邊。

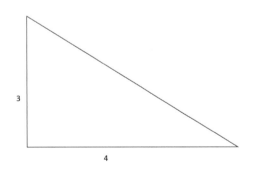

已知 _____ 角三角形的兩 _____ 長為 3 和 4。

根據_____ 定理，斜邊平方等於兩股平方和。

令斜邊長為 X，X 的 _____ 等於 _____ 的平方加

_____ 的平方。

X 等於根號 _____ 。因為斜邊長必須 _____於零，所

以斜邊長等於 _____ 。

（二）詞語填空

1.

確實	位置	離開	測驗	方向
準確	座位	距離	測量	方面

登山的時候，為了避免迷路，除了時間和方向以外，還需要 _____ 走路的速度和所站的 _____ 海平面的 _____ 。目前的智慧型手機已經有 GPS（Global Positioning System）定位，網路上也有許多應用軟體可以下載。如果認為手機不夠 _____ ，可以買一支特別的手錶。

2.

熱門	目前	嚴重	大約	誇張
歡迎	期間	厲害	左右	誇獎

我妹妹幫他們公司做了一支影片，這支影片 _____ 在網路上非常 _____ ，每天 _____ 有一萬多人來看。老闆不但 _____ 她，還特別給她加薪。大家都說她很 _____ 。

（三）問答練習

請用方格裡的詞語回答問題。

1. 放假的時候，你打算去什麼地方旅行？請說說你的計畫。

趁	據……說，……	不過
除了……，……還……	首先……，接著……	所……的……

2. 我們學校的國際學生多不多？請你先算出百分比，再提出你的

看法。

……分之……	大約	等於
……以上	除以	包括

十、課後活動（Extension Activities）

（一）問題討論

1. 在你的國家有「百岳」嗎？多高的山才能算是百岳？
2. 你喜歡爬山嗎？不同高度的山，登山之前的準備有什麼不同？

（二）任務

請試著用三角測量法算出校園裡某棟樓的高度。

（三）主題報告

請用投影片簡報你目前正在做的研究的實驗步驟。

基改食品

一、主題引導（Guide Questions）

1. 你聽過基因改造食品嗎？能舉一些例子嗎？
2. 你吃過什麼基因改造食品？
3. 你覺得吃基因改造食品怎麼樣？

二、課文摘要（Synopsis）

　　林詩涵和王皓文是高中同學，兩人雖然念的不是同一所大學，但是假日還是常常一起逛街、購物。王皓文今天要去林詩涵家做飯，兩人約在林詩涵家附近的一家超市見。買菜的時候談到了基改食品的問題。基因改造生物是因為基因改造技術而造成生物體的基因改變。基因改造技術是用基因工程或是分子生物技術，將遺傳物質轉移或轉殖到活細胞或生物體內，產生基因改變的現象。基因改造食品就是利用基因改造技術所製造出來的食品。「基因改造」也可簡稱為「基改」。基改衍生食品可以分為三大類：微生物、植物、動物。目前，基改微生物衍生食品很少，沒有太多安全疑慮，主要引起注意的是基改作物。全球核准進口基改作物的國家，都訂下不同的安全檢驗標準。世界衛生組織認為已經通過安全評估的基改食品對人體不太可能產生危害。

三、對話（Dialogue）

（在市場裡）

林詩涵：喂！（拍一下王皓文的肩膀）

王皓文：啊！你真無聊！想嚇死我啊！

林詩涵：你在看什麼，看得那麼出神？連我走過來了都沒發現？

王皓文：你看，這瓶豆漿的成分有基因改造大豆，可是那瓶上面寫著非

　　　　　基因改造大豆，真不知道要選哪一瓶才好。

林詩涵：就我所知，基因改造食品都通過安全評估後，才核准上市。要選哪一種就看你自己的喜好。

王皓文：你又不是念食品專業的，怎麼說得好像專家一樣？

林詩涵：是聽演講聽來的。我可是筆記女王，把演講的細節都記下來了。

王皓文：對對對，你的筆記功力一流。話說回來，基因改造食品到底是什麼？

林詩涵：這得先從基因改造生物說起。簡單地說，基因改造生物是因為基因改造技術而造成生物體的基因改變，並非由於天然交配或天然重組所造成的。基因改造技術是用基因工程或是分子生物技術，將遺傳物質轉移或轉殖到活細胞或生物體內，產生基因改變的現象。

王皓文：你的意思是這是一種人為的方法，對嗎？

林詩涵：沒錯。基因改造食品就是利用基因改造技術所製造出來的食品。

王皓文：「基因改造」四個字真長，好難念。

林詩涵：也可以簡稱為「基改」。基改衍生食品可以分為三大類：微生物、植物、動物。目前，基改動物衍生食品實在太少，基改微生物衍生食品沒有太多的安全疑慮，所以主要引起注意的是基改作物。

王皓文：常常聽到的好像是基改大豆跟玉米。

林詩涵：對。大豆、玉米、棉花、油菜是四大基改作物，其中大豆的種植面積比例最高。

王皓文：豆漿、豆腐、玉米濃湯的包裝上好像都會特別標示。這是政府的規定嗎？

林詩涵：各個國家的規定都不一樣。拿台灣來說，從 1995 年開始，只要最終產品成分含有超過百分之五的基改作物就要標示。

王皓文：嗯，聽了你的說明以後，我對基改食品有了多一點的認識，可是我還是很擔心。這類食品到底安不安全？

林詩涵：全球核准進口基改作物的國家，都訂下了不同的安全檢驗標準。
另外，世界衛生組織認為已經通過安全評估的基改食品對人體
不太可能產生危害。

王皓文：你講得真好。你該不會把演講都背下來給我聽吧？

林詩涵：答對了。我不只是筆記女王，還是記憶高手呢！

王皓文：那我到底要買哪瓶豆漿好呢？

林詩涵：演講的教授說，食品是可供選擇的，每個人對基改食品的看法
不同，就選你可以接受的吧！

王皓文：好，我就各買一瓶，其中一瓶送你囉！

林詩涵：謝謝你的小禮物。

圖片來源網頁：台南市政府衛生局
https://health.tainan.gov.tw/page.asp?mainid={F70FE462-9579-4835-8DBB-EBA22D94E45A}

四、學科主題詞彙（Subject Vocabulary）

1.	基因改造食品	jīyīn gǎizàoshípǐn	N	genetically modified food, GMF
	基因改造	jīyīn gǎizào	N	genetic modification
	基改	jīgǎi	N	short for 基因改造
	基因	jīyīn	N	gnen

	改造	gǎizào	V	to transform, to reform, to remold
	就我所知,**基因改造食品**都通過安全評估後,才核准上市。			
	番茄是世界上最早商業化生產**基因改造**的作物。			
2.	生物體	shēngwùtǐ	N	organism
	生物	shēngwù	N	organism, living thing, creature
	基因改造技術是用基因工程或是分子生物技術,將遺傳物質轉移或轉殖到活細胞或**生物體**內,產生基因改變的現象。			
	根據不同的算法,科學家認爲地球可能有三百萬到一億種**生物**。			
3.	基因工程	jīyīn gōngchéng	N	short for 基因改造工程, genetic engineering
	工程	gōngchéng	N	engineering, an engineering project, project, undertaking
	基因改造技術是用**基因工程**或是分子生物技術,將遺傳物質轉移或轉殖到活細胞或生物體內,產生基因改變的現象。			
	在台灣,念軟體**工程**的人畢業以後找的工作不是 RD 就是 IT,雖然都叫**工程**師,但是工作是不同的。			
4.	分子生物	fēnzǐ shēngwù	N	molecular biology
	分子	fēnzǐ	N	molecules
	基因改造技術是用基因工程或是**分子生物**技術,將遺傳物質轉移或轉殖到活細胞或生物體內,產生基因改變的現象。			
	水分子(化學式:H_2O)是地球表面上最多的**分子**。			
5.	遺傳物質	yíchuán wùzhí	N	genetic material
	遺傳	yíchuán	Vst	to inherit, to transmit
	物質	wùzhí	N	material

	基因改造技術是用基因工程或是分子生物技術，將**遺傳物質**轉移或轉殖到活細胞或生物體內，產生基因改變的現象。			
	差不多所有生物的**遺傳物質**分子是 DNA，只有一小部分生物，像病毒則以 RNA 為遺傳物質。			
6.	**轉殖**	zhuǎn zhí	V	to transfer
	基因改造技術是用基因工程或是分子生物技術，將遺傳物質轉移或**轉殖**到活細胞或生物體內，產生基因改變的現象。			
	這家公司研究如何用雞或鴨作為基因**轉殖**的對象，來生產很貴的藥用蛋白質。			
7.	**微生物**	wéi shēngwù	N	microorganism
	基改衍生食品可以分為三大類：**微生物**、植物、動物。			
	微生物是指人的眼睛看不到的生物體。			
8.	**基改作物**	jīgǎi zuòwù	N	genetically modified crops
	作物	zuòwù	N	crop
	基改微生物衍生食品沒有太多的安全疑慮，所以主要引起注意的是**基改作物**。			
	大豆、玉米、棉花、油菜是四大基改**作物**。			

五、專有名詞（Proper Noun）

1.	世界衛生組織	Shìjiè Wèishēng Zǔzhī	World Health Organization
	世界衛生組織是 1948 年建立的，目前參加的國家差不多有 192 個。		

六、詞彙（Vocabulary）

1.	**無聊**	wúliáo	Vs	silly, boring, to be bored
	啊！你眞**無聊**！想嚇死我啊！			
	聽說昨天的演講很**無聊**，幸虧我沒去聽。			
2.	**嚇死**	xià sǐ	IE	be scared to death, freak out
	啊！你眞無聊！想**嚇死**我啊！			
	剛才的地震搖得很厲害，把我**嚇死**了。			
3.	**出神**	chūshén	Vs	engrossed, be spellbound
	你在看什麼，看得那麼**出神**？連我走過來了都沒發現？			
	什麼事讓你想得那麼**出神**，連公車坐過站了都沒注意到？			
4.	**發現**	fāxiàn	Vpt	to discover
	你在看什麼，看得那麼出神？連我走過來了都沒**發現**？			
	我最近**發現**學校附近新開了一家餐廳，看起來很不錯，要不要改天跟我一起去吃吃看？			
5.	**豆漿**	dòujiāng	N	soy milk
	這瓶**豆漿**的成分有基因改造大豆。			
	豆漿配燒餅油條是一種很受歡迎的中式早餐。			
6.	**成分**	chéngfèn	N	ingredient
	這瓶豆漿的**成分**有基因改造大豆，可是那瓶上面寫著非基因改造大豆。			
	每種水果的營養**成分**都不太一樣。			
7.	**大豆**	dàdòu	N	soybean
	很多人習慣用**大豆**做的油炒菜。			
8.	**非**	fēi	Vs-attr	non

	這瓶豆漿的成分有基因改造大豆，可是那瓶上面寫著**非**基因改造大豆。			
	門上寫著「**非**工作人員請勿入內」，我們還是別進去吧。			
9.	食品	shípǐn	N	food, foodstuff
	基因改造**食品**都通過安全評估後，才核准上市。			
	「食物」是指土地生產出來的新鮮青菜、水果、魚類和各種肉類；「**食品**」是經過加工的東西，像熱狗、冷凍**食品**、罐頭**食品**，還有麵包、甜點、糖果、餅乾、水果乾等等。			
10.	通過	tōngguò	Vpt	to pass
	基因改造食品都**通過**安全評估後，才核准上市。			
	我**通過**駕照考試了！			
11.	安全	ānquán	N/Vs	safety; safe
	基因改造食品都通過**安全**評估後，才核准上市。			
	出門在外一定要注意**安全**。			
12.	評估	pínggū	N/V	assessment; to assess
	基因改造食品都通過安全**評估**後，才核准上市。			
	這件事情請你仔細**評估**後再決定要不要做。			
13.	核准	hézhǔn	V/N	to approve; approval
	基因改造食品都通過安全評估後，才**核准**上市。			
	他跟銀行借錢買房子，銀行也**核准**他的申請了。			
14.	上市	shàngshì	Vp-sep	to put on the market
	基因改造食品都通過安全評估後，才核准**上市**。			
	這家公司又有新產品**上市**了。			
15.	喜好	xǐhào	N	preference

	要選哪一種就看你自己的**喜好**。			
	這家店會按照客人的**喜好**調整飲料的甜度。			
16.	**專業**	zhuānyè	N/Vs	specialized field; professional
	你又不是念食品**專業**的，怎麼說得好像專家一樣？			
	這家公司的服務非常**專業**。			
17.	**專家**	zhuānjiā	N	expert
	你又不是念食品專業的，怎麼說得好像**專家**一樣？			
	這個問題你應該問**專家**，不能自己上網找答案。			
18.	**筆記**	bǐjì	N	notes
	我可是**筆記**女王，把演講的細節都記下來了。			
	我可以跟你借上課的**筆記**嗎？			
19.	**女王**	nǚwáng	N	queen
	我可是筆記**女王**，把演講的細節都記下來了。			
	女王伊麗莎白二世（Queen Elizabeth II）是英國歷史上活得最久的君主。			
20.	**演講**	yǎnjiǎng	N	lecture
	我可是筆記女王，把**演講**的細節都記下來了。			
	明天中午有一場關於3D列印技術應用的**演講**，你想一起去聽嗎？			
21.	**細節**	xìjié	N	detail
	我可是筆記女王，把演講的**細節**都記下來了。			
	我只知道這件事最後的結果，並不清楚**細節**。			
22.	**記**	jì	V	to take (notes), to write down
	我可是筆記女王，把演講的細節都**記**下來了。			
	他上課沒有**記**筆記的習慣，但是考試都還考得不錯。			

	功力	gōnglì	N	[here] skills, efficacy, compe-tence
23.	你的筆記**功力**一流。			
	她做菜的**功力**進步了，現在已經能請人來家裡吃飯了。			
	一流	yīliú	Vs-attr	excellent
24.	你的筆記功力**一流**。			
	這家公司的員工都是**一流**的，怪不得發展得那麼快。			
	技術	jìshù	N	technology, technique, skills
25.	基因改造生物是因為基因改造**技術**而造成生物體的基因改變。			
	她開車的**技術**很好，你可以放心。			
	造成	zàochéng	Vpt	to bring about, to cause
26.	基因改造生物是因為基因改造技術而**造成**生物體的基因改變。			
	做科學實驗的時候，要是不注意細節，可能會**造成**很大的問題。			
	改變	gǎibiàn	N/V	change
27.	基因改造生物是因為基因改造技術而造成生物體的基因**改變**。			
	他離開老家很多年了，但是回來以後發現老家並沒有什麼**改變**。			
	交配	jiāopèi	N	mating
28.	基因改造生物的基因改變並非由於天然**交配**或天然重組所造成。			
	科學家發現貓熊（熊貓）很難自然**交配**。			
	重組	chóngzǔ	V	to reorganize
29.	基因改造生物的基因改變並非由於天然交配或天然**重組**所造成。			
	今天的中文考試題目裡有一大題是要學生**重組**句子。			
30.	**內**	nèi	N	inside, within, inner, in

	用基因工程或是分子生物技術，將遺傳物質轉移或轉殖到活細胞或生物體**內**，產生基因改變的現象。			
	在大賣場買了東西，要是有問題，七日**內**是可以退換的。			
31.	**產生**	chǎnshēng	Vpt	to create, to produce, to arise, to cause
	用基因工程或是分子生物技術，將遺傳物質轉移或轉殖到活細胞或生物體內，**產生**基因改變的現象。			
	長時間滑手機會對眼睛**產生**非常不好的影響。			
32.	**現象**	xiànxiàng	N	phenomenon
	用基因工程或是分子生物技術，將遺傳物質轉移或轉殖到活細胞或生物體內，產生基因改變的**現象**。			
	物體加熱以後變大是一種物理**現象**。			
33.	**人為**	rénwéi	Vs-attr	man-made
	你的意思是這是一種**人為**的方法，對嗎？			
	根據統計，百分之九十以上的車禍都是**人為**因素，像不守交通規則、喝酒開車等造成的。			
34.	**利用**	lìyòng	V	[formal] to use
	基因改造食品就是**利用**基因改造技術所製造出來的食品。			
	人類已經知道怎麼**利用**像陽光、水等這類天然資源發電了。			
35.	**製造**	zhìzào	V	to make, to manufacture
	基因改造食品就是利用基因改造技術所**製造**出來的食品。			
	這家工廠專門**製造**腳踏車。			
36.	**簡稱**	jiǎnchēng	Vst	to abbreviate (to refer to something in short)
	基因改造食品也可以**簡稱**為「基改」。			
	手機或電腦上為了某種應用目的而編寫的程式或軟體**簡稱** App。			

	為	wéi	Vst	to be as
37.	基因改造食品也可以簡稱**為**「基改」。			
	基改衍生食品可以分**為**三大類：微生物、植物、動物。			
	衍生	yǎnshēng	Vpt	to derive
38.	基改**衍生**食品可以分為三大類：微生物、植物、動物。			
	電腦科技讓人類生活變得很方便，但所**衍生**的電腦犯罪問題也讓許多政府頭痛。			
	植物	zhíwù	N	plant
39.	基改衍生食品可以分為三大類：微生物、**植物**、動物。			
	植物是地球上的重要資源。			
	目前	mùqián	N	at the present, now
40.	**目前**，基改動物衍生食品實在太少。			
	教授說**目前**我所找到的參考資料還是不夠。			
	實在	shízài	Adv	really
41.	目前，基改動物衍生食品**實在**太少。			
	這部電影**實在**太好看了，下次還要再看一次！			
	疑慮	yílù	N	concern
42.	基改微生物衍生食品沒有太多的安全**疑慮**。			
	要是你對手術過程還有什麼**疑慮**，都可以問。			
	主要	zhǔyào	Adv/Vs-attr	mainly; main
43.	目前，基改微生物衍生食品沒有太多的安全疑慮，所以**主要**引起注意的是基改作物。			
	他們這次出國的目的**主要**是工作，沒有時間去玩。			
44.	引起	yǐnqǐ	Vpt	to cause

	目前，基改微生物衍生食品沒有太多的安全疑慮，所以主要**引起**注意的是基改作物。			
	有些人吃花生會**引起**過敏。			
45.	**注意**	zhùyì	Vst	to pay attention
	目前，基改微生物衍生食品沒有太多的安全疑慮，所以主要引起**注意**的是基改作物。			
	小狗趁他不**注意**，偷吃了一塊肉。			
46.	**棉花**	miánhuā	N	cotton
	美國是世界最大的**棉花**出口國。			
47.	**油菜**	yóucài	N	rape (plant)
	油菜是華人餐桌上常見的青菜。			
48.	**面積**	miànjī	N	area (of a floor, piece of land etc)
	大豆、玉米、棉花、油菜是四大基改作物，其中大豆的種植**面積**比例最高。			
	你知道三角形**面積**的計算公式嗎？			
49.	**其中**	qí zhōng	Det	among
	大豆、玉米、棉花、油菜是四大基改作物，**其中**大豆的種植面積比例最高。			
	我們學校有很多學院，**其中**管理學院最有名。			
50.	**種植**	zhòngzhí	V	to plant
	大豆、玉米、棉花、油菜是四大基改作物，其中大豆的**種植**面積比例最高。			
	這裡是國家公園，不可以**種植**私人的植物。			
51.	**比例**	bǐlì	N	proportion, ratio

	大豆、玉米、棉花、油菜是四大基改作物，其中大豆的種植面積**比例**最高。			
	你知道作紅燒肉，糖和醬油的**比例**是多少嗎？			
52.	**濃湯**	nóngtāng	N	thick soup
	豆漿、豆腐、玉米**濃湯**的包裝上好像都會特別標示是否使用基改食品。			
	一般來說，西式套餐除了主菜以外，還會有**濃湯**、沙拉、甜點或飲料。			
53.	**包裝**	bāozhuāng	N	package
	豆漿、豆腐、玉米濃湯的**包裝**上好像都會特別標示是否使用基改食品。			
	這個禮物的**包裝**很漂亮，是你自己包的嗎？			
54.	**標示**	biāoshì	V/N	to mark; to label
	豆漿、豆腐、玉米濃湯的包裝上好像都會特別**標示**是否使用基改食品。			
	這塊牌子**標示**著「遊客止步」。			
55.	**規定**	guīdìng	N/Vpt	regulation
	豆漿、豆腐、玉米濃湯的包裝上好像都會特別標示。這是政府的**規定**嗎？			
	租房子的時候，每個房東的**規定**都不完全一樣。			
56.	**各**	gè	Det	each; every
	各個國家的規定都不一樣。			
	老闆說今天他請客。**各**位想吃什麼，就點什麼。			
57.	**最終**	zuìzhōng	Vs-attr/Adv	final
	只要**最終**產品成分含有超過百分之五的基改作物就要標示。			
	最終，她在網上找到她的白馬王子（Mr. Right）。			

	產品	chǎnpǐn	N	product
58.	只要最終**產品**成分含有超過百分之五的基改作物就要標示。			
	這家 3C 電子**產品**專賣店還不錯，要不要進去看一看？			
	含有	hányǒu	Vst	to contain
59.	只要最終產品成分**含有**超過百分之五的基改作物就要標示。			
	你才 16 歲，這種飲料**含有**一些酒精成分，你真的要買嗎？			
	超過	chāoguò	Vpt	to exceed
60.	只要最終產品成分含有**超過**百分之五的基改作物就要標示。			
	坐飛往歐洲的飛機，旅客帶的行李不可以**超過** 32 公斤。			
	說明	shuōmíng	N/V	explanation; explain
61.	聽了你的**說明**以後，我對基改食品有了多一點的認識。			
	老師的**說明**簡單清楚，所以學生很快就懂了。			
	全球	quánqiú	N/Vs-attr	globe; global
62.	**全球**核准進口基改作物的國家，都訂下了不同的安全檢驗標準。			
	全球人口已超過 77 億。			
	訂	dìng	V	to draw up, to book
63.	全球核准進口基改作物的國家，都**訂**下了不同的安全檢驗標準。			
	要去那個地方玩，你最好先上網**訂**那裡的飯店或民宿。			
	檢驗	jiǎnyàn	V/N	to test; test
64.	全球核准進口基改作物的國家，都訂下了不同的安全**檢驗**標準。			
	這家公司生產的飲料被**檢驗**出含有包裝上沒有標示的成分。			
	標準	biāozhǔn	N	standards
65.	全球核准進口基改作物的國家，都訂下了不同的安全檢驗**標準**。			

	想知道人的**標準**體重是多重，你可以上網看世界衛生組織的資料。			
66.	認為	rènwéi	Vst	to think, to believe, in one's opinion
	世界衛生組織**認為**已經通過安全評估的基改食品對人體不太可能產生危害。			
	我**認為**你說的不可能是真的。			
67.	人體	réntǐ	N	human, body
	世界衛生組織認為已經通過安全評估的基改食品對**人體**不太可能產生危害。			
	科學研究發現**人體**百分之七十是水分。			
68.	危害	wéihài	N/V	harm, to harm
	世界衛生組織認為已經通過安全評估的基改食品對人體不太可能產生**危害**。			
	亂丟垃圾會**危害**環境，這是連小學生都知道的事情。			
69.	背下來	bèixiàlái	Ph	to memorize
	你該不會把演講都**背下來**給我聽吧？			
	這一課的生詞太多了，我怎麼背也**背不下來**。			
70.	答對	dáduì	Ph	Bingo, get the answer right
	答對了。我不只是筆記女王，還是記憶高手呢！			
	請你幫我看這一題我**答得對**不對，謝謝。			
71.	記憶	jìyì	V/N	to memorize; memory
	答對了。我不只是筆記女王，還是**記憶**高手呢！			
	在我**記憶**中的爺爺，是個溫柔細心的人。			
72.	高手	gāoshǒu	N	ace, hotshot, master hand, expert

	答對了。我不只是筆記女王，還是記憶**高手**呢！			
	他是手機遊戲的**高手**。			
	供	gōng	V	to offer, 可供：available to sb for sth
73.	食品是可**供**選擇的，每個人對基改食品的看法不同，就選你可以接受的吧！			
	這只是我的建議，**供**你參考。			
	選擇	xuǎnzé	V/N	to choose
74.	食品是可供**選擇**的，每個人對基改食品的看法不同，就選你可以接受的吧！			
	她**選擇**畢業之後去國外留學念書。			
	接受	jiēshòu	V	to accept
75.	每個人對基改食品的看法不同，就選你可以**接受**的吧！			
	這家餐廳打算改變他們賣得很好的餐點，客人都很生氣，不能**接受**。			

七、句型（Sentence Patterns and Constructions）

1. 不知道要……才好 bù zhīdào yào...cái hǎo　　don't (doesn't) know what to do

「不知道要……才好」指的是遇到了困難，不知道應該怎麼做。在「不知道要」的後面常常是「怎麼 V」或「V 哪一 M」。

➤ 這兩瓶豆漿，我真**不知道要**選哪一瓶**才好**。

➤ 他朋友生病住院了，請他幫忙照顧小孩，但是他從來沒照顧過孩子，所以朋友的小孩一哭，他就**不知道要**怎麼辦**才好**。

➤ 期末快要來了，但是他做的實驗還沒有結果，急得他**不知道要**怎麼辦**才好**。

練習

① 這兩件衣服我都很喜歡，可是我的錢只夠買一件，現在我

　　　　　　　　　　　　　　　　　　　　。

② 他申請了兩家公司，結果這兩家公司都接受了他的申請，

　　　　　　　　　　　　　　　　　　　　。

2. 就我所知 jiù wǒ suǒ zhī　　as far as I know

「就我所知」是一個連接前、後文的標記。意思是「根據我知道的」。
在「就我所知」後是說話者知道的內容。

➤ **就我所知**，基因改造食品都通過安全評估後，才核准上市。

➤ **就我所知**，她從來沒有遲到過。

➤ 他說他是一家公司的老闆，但**就我所知**，他只是那家公司的小職員。

練習

① A：小美不是還在念大三嗎？怎麼忽然不念了？

　　B：就我所知，她 　　　　　　　　　　　，所以決定不念了。

② A：我打算放假的時候去東部玩，你知道東部哪些地方好玩嗎？

　　B：　　　　　　　　　　　　　　　　　　　　。

3. 要……就看…… yào...jiù kàn...　　which...depends on...

「要……就看……」的意思是「就看」的後面說的事要做什麼、怎麼
做，「看」是「由……決定」的意思。例如，我晚餐吃什麼，就看冰
箱裡有什麼。

➤ **要**選哪一種**就看**你自己的喜好。

➤ 我有很多衣服，**要**穿哪一件**就看**那天的感覺怎麼樣。

➤ **要**念管理研究所還是經濟研究所**就看**你的興趣。

練習

① 學校附近有很多餐廳，午飯 _____ 。

② A：這兩門課我都很有興趣，可是我這個學期選的課已經不少了，
怎麼辦？

B：_____ 。

4. 可 kě　just (emphasis)

「可」用在口語，說話者用來強調聽話者沒想到或不知道的事。

➢ 我**可**是筆記女王，把演講的細節都記下來了。

➢ A：你覺得陳浩德修得好我的電腦嗎？

B：放心。陳浩德**可**是電腦王，一定沒有問題的。

➢ A：這家餐廳門口站了很多人，他們都是想進去吃東西的客人嗎？

B：沒錯，這家餐廳**可**是台灣很有名的牛肉麵店。

練習

① A：下個月有幾天假期，我想去旅行，你有什麼建議？

B：去花蓮吧，那裡可是 _____ 的地方。

② A：妳這次考試考得怎麼樣？不會被當吧？

B：_____ 。

5. 話說回來 huàshuō huílái　having said that; anyway

說話者在回應完對話的人的問題或是談話後，用「話說回來」回到說話者想說的話題。在「話說回來」後面可以是說話者想問的問題或是說話者的看法。

➢ 對對對，你的筆記功力一流。**話說回來**，基因改造食品到底是什麼？

➢ 大家對你的批評也許太過分了，不過**話說回來**，你真的有好幾個地

方做得不對。

➢ 每年都有很多新的網路流行語，但是過了一兩年，這些流行語就沒有人用了。**話說回來**，這也許就是流行語的特色。

練習

① A：這個學期的課很重，我每天讀書、寫報告，真的快累死了。

　 B：是啊，我也快累死了。不過話說回來，＿＿＿＿＿＿＿＿＿。

② A： 我很高興老闆罵了那個服務生，誰叫她這麼沒有禮貌？

　 B：＿＿＿＿＿＿＿＿，不過＿＿＿＿＿＿＿＿＿＿＿＿＿。

6. 到底 dàodǐ　after all; to the end; to the last

本課的「到底」用在詢問，通常放在問句的動詞前面。說話者因為對先前得到的訊息不滿足或有疑問而更想知道事情實際的情況。到底不可和「嗎」一起使用。

➢ 話說回來，基因改造食品**到底**是什麼？

➢ 這種手遊**到底**有什麼好玩的？為什麼大家都在玩？

➢ 人說番茄（fānqié, tomato）是蔬菜（shūcài, vegetable），有人說是水果，番茄**到底**是菜還是水果？

練習

① 你本來說要吃牛肉麵，現在又說要吃炒飯，你＿＿＿＿＿＿＿？

② A：＿＿＿＿＿＿＿＿＿＿＿＿＿＿＿＿＿＿。

　 B：妳不要生氣嘛，我就是決定不了要看哪一部電影才問你的。

7. 從……V 起 cóng...V qǐ　start from

從什麼地方開始做這件事。

➤ 基因改造食品到底是什麼？這得先從基因改造生物說起。

➤ 他們是怎麼成為好朋友的？這件事要從三年前說起。

➤ 要是想要有好的生活習慣，就得從小地方做起，比方說⋯⋯

練習

① 我是怎麼開始對這個專業有興趣的？這要 ＿＿＿＿＿＿＿＿＿＿＿＿＿。

② 這個地方太大了，好玩的地方太多了，我們只有兩天的時間，＿＿＿
＿＿＿＿＿＿＿＿＿＿＿＿＿＿＿＿＿＿＿＿？

8. 簡單地說 Jiǎndān de shuō　to put it simply; simply put

說話的人認為前面的話比較複雜或難懂，就說「簡單地說，」然後用
接收訊息的人容易懂的說法再說明一次。

➤ **簡單地說**，基因改造生物是因為基因改造技術而造成生物體的基因
改變，並非由於天然交配或天然重組所造成的。

➤ 應用軟體是怎麼做出來的？**簡單地說**，程式設計師使用程式語言編
寫原始碼，再用編譯器把原始碼編成執行檔，編好的執行檔就可以
交給機器執行了。

➤ 我為什麼不喜歡這個菜？**簡單地說**，這個菜不合我的口味。

練習

① A：什麼是應用軟體？

　 B：簡單地說，就是 ＿＿＿＿＿＿＿＿＿＿＿＿＿＿＿＿＿。

② A：大家都說這部電影好看，可是你說不好看，為什麼？

　 B：＿＿＿＿＿＿＿＿＿＿＿＿＿＿＿＿＿＿＿＿＿＿。

9. 因為⋯⋯而⋯⋯　yīnwèi...ér　because of

「而」的後面是結果。「因為⋯⋯而⋯⋯」常用在比較正式或是書面

的地方。

> 基因改造生物是**因為**基因改造技術**而**造成生物體的基因改變，並非由於天然交配或天然重組所造成的。

> 丁怡君**因為**男朋友忘了她的生日**而**氣得不想跟他說話。

> 小吃店在台灣到處都有，而且不太貴，所以有很多人**因為**方便**而**總是在外面吃飯。

練習

① A：聽說昨天的比賽你們輸了，有球員不想再打了。你呢？

B：放心。打籃球是我最愛的運動，我不會 ＿＿＿＿＿＿＿ 的。

② A：你是為什麼決定讀這個系的？

B：＿＿＿＿＿＿＿＿＿＿＿＿＿＿＿。

10. 由於 yóuyú　　due to, as a result of

「由於」的意思跟「因為」差不多。常放在表示原因的第一句的前面，後面跟著第二句，表示結果。

> 基因改造生物是因為基因改造技術而造成生物體的基因改變，並非**由於**天然交配或天然重組所造成的。

> **由於**最近天氣變得很冷，到醫院看病的人也多了。

> **由於**我們是同學的關係，常常一起吃飯、討論功課，因此變成了好朋友。

練習

① A：聽說明天的比賽不辦了，你知道為什麼嗎？

B：由於 ＿＿＿＿＿＿＿＿＿＿＿＿＿，所以就先不辦比賽了。

② A：一樣是開車，為什麼一下雨，路上就容易塞車？

B：_____。

11. 將 jiāng　used to introduce the object before a verb, more formal than 把

「將」是「把」的意思，但常用在書面語。

➤ 基因改造技術是用基因工程或是分子生物技術，**將**遺傳物質轉移或轉殖到活細胞或生物體內，產生基因改變的現象。

➤ 按照規定，使用圖書館的人不可以**將**食物飲料帶進去。

➤ 爲了考好期末考，很多學生都**將**所有的時間用在讀書上。

練習

①由於受到颱風的影響，學校決定_____。

② A：如果您要申請我們的系，麻煩您在 15 日之前寄資料過來。

B：好的，_____。

12. 拿……來說 ná...lái shuō　take...for example

用……當例子。用來舉例說明。

➤ **拿**台灣**來說**，從 1995 年開始，只要最終產品成分含有超過百分之五的基改作物就要標示。

➤ 台灣人喜歡買進口車，**拿**去年**來說**，去年 1 到 8 月，進口汽車就賣了 15 萬輛。

➤ 這些水果都很好吃。**拿**鳳梨**來說**，酸酸甜甜的，就很受歡迎，而且到處都買得到。

練習

① A：手機越來越便宜了，現在差不多人人都有，而且可能不只一支。

B：沒錯。_____，她一個人就有三支手機。

② A：聽說台灣的便利商店多得不得了，是真的嗎？

B：_____。

13. ……分之…… ...fēn zhī... (fraction) The construction ……分之……
is used to indicate the fractional numbers. The words before and after
分之 are usually an integer number. The first number is denominator
and the second one is molecular.

x 分之 y 就是 y/x。如果用 1/3 當作例子，x 是 3，y 是 1，說成三分之一。

➤ 我們系有三分之一的學生是國際學生。
➤ 他把獎學金的十分之一用來付房租。

練習

① 人每天有 _____ 之一的時間都在睡覺。

② A：你的房租貴不貴？每個月多少錢？

B：_____。

八、近似詞（Synonyms）

1.	成分	材料	2.	食品	食物
3.	喜好	興趣／愛好	4.	專業	科系
5.	改變	改／變／變化	6.	天然	自然
7.	產生	生產／製造	8.	最終	最後／終於

九、綜合練習（Exercises）

（一）重述練習

1. 什麼叫基改食品？

這得先 ＿＿＿＿＿＿＿＿＿＿＿＿＿。簡單地說，＿＿＿＿＿＿＿＿＿
是因為 ＿＿＿＿＿＿＿＿＿ 而 ＿＿＿＿＿＿＿＿＿＿＿，並非
＿＿＿＿＿＿＿＿＿＿＿＿＿＿ 的。

2. 基改食品對人體健康有影響嗎？

就我所知，基改食品都 ＿＿＿＿＿＿＿ 後，才 ＿＿＿＿＿＿。
另外，＿＿＿＿＿＿＿＿＿＿ 認為 ＿＿＿＿＿＿＿＿＿＿。

3. 該不該買基改食品？

就我所知，核准 ＿＿＿＿＿＿＿＿＿，都 ＿＿＿＿＿＿＿＿。
＿＿＿＿＿＿＿＿＿ 認為 ＿＿＿＿＿＿＿＿＿＿＿＿＿＿。
＿＿＿＿＿＿＿＿＿＿ 是可 ＿＿＿＿＿＿＿＿＿＿ 的，每個人
＿＿＿＿＿＿＿＿，就 ＿＿＿＿＿＿＿＿ 吧！

（二）詞語填空

1.

評估	上市	檢驗	由於	通過
利用	專業	功力	一流	核准

小玉在大學念的 ＿＿＿＿ 不是軟體設計，但 ＿＿＿＿ 她從小就
對這方面很有興趣，常常 ＿＿＿＿ 課後時間自學，設計遊戲的
＿＿＿＿ 雖然還不算 ＿＿＿＿，現在已經在一家手機遊戲公司實
習。她最近所設計的新遊戲已經 ＿＿＿＿ 公司的 ＿＿＿＿，很快
就會 ＿＿＿＿。

2.

造成	產生	比例	疑慮	發現
現象	注意	引起	製造	其中

建新在網上看新聞的時候，看到一個 _____ 他 _____ 的新聞。根據統計，台灣已經結婚的年輕人生孩子的 _____ 非常低。為什麼會有這樣的 _____ ？研究 _____ 有很多原因，_____ 一個最主要的就是生活壓力太大，_____ 年輕的夫妻對孩子生下來以後怎麼養，還有孩子的教育問題都有很大的 _____ 。

（三）問答練習

1. 你朋友平常總是忙著上課或是去實驗室做實驗，沒有時間好好準備吃的東西。最近食品安全發生問題，他們買東西的時候應該注意什麼事情？你能給他們什麼建議嗎？

就我所知	因為……而……	話說回來
簡單地說	到底	要……，就看……

2. 如果有一個國家發生食物不夠的問題，為了幫助他們，你認為哪些基改食品技術最需要先發展？

從……說起	由於	拿……來說
將	x 分之 y	到底

十、課後活動（Extension Activties）

（一）問題討論

1. 你在超級市場買東西的時候，會特別注意什麼？

2. 要是以後到處都買得到基改食品，你認為對農業經濟有什麼影響？

（二）任務

現在世界上有很多國家已經開放基改食品進口，也有國家還沒有開放。請你從微生物、植物、動物這三類基改衍生食品中選一個，並且上網查一查各國對這一類基改食品開放的情形，還有對他們國家的影響，寫成一份報告，上台跟大家分享你研究的結果。

市場行銷學

一、主題引導（Guide Questions）

1. 你知道市場行銷跟傳統廣告有什麼不一樣？
2. 你覺得什麼是「讓顧客自己找上門」？
3. 你知道自己買過的東西用的是什麼行銷方法嗎？

二、課文摘要（Synopsis）

　　楊士杰大學快畢業了，他的學妹程欣跟他討論畢業以後的計畫。士杰想找市場行銷的工作，因為他想先累積一些工作經驗，再出國留學。程欣以為「行銷」就是推銷東西，士杰跟她說明「行銷」跟「銷售」的不同。「市場行銷」（Marketing）指的是先製造出可以賣得好的產品，再研發出一套讓這個產品暢銷的系統。所以行銷不只是銷售，還包括市場調查、產品研發、通路整合、廣告宣傳等等。市場行銷非常重要，在這個大家離不開社群網路的時代，也要更重視數位行銷。

三、對話（Dialogue）

程　　欣：士杰哥，你畢業後有什麼計畫？想繼續念研究所還是找工作？

楊士杰：我是學商的，實務經驗很重要，所以我想先工作，等累積了一些工作經驗，再出國留學。

程　　欣：你想找哪一類的工作？

楊士杰：我對市場行銷很有興趣，應該會往這方面發展。

程　　欣：你不覺得推銷東西很不好意思嗎？

楊士杰：程欣，「行銷」跟「銷售」不一樣喔！

程　　欣：行銷不就是賣東西，或是做廣告、辦活動、宣傳嗎？

楊士杰：你只說對了一半。「市場行銷」（Marketing）指的是先製造出可以賣得好的產品，再研發出一套讓這個產品暢銷的系統。

程　欣：不過現在大家都在網路上購物，是不是就在網路上打廣告就好了？

楊士杰：網路上的資訊太多了，只靠廣告是不夠的。在這個大家離不開社群網站的時代，行銷已經不能靠自己單打獨鬥，而是要借助群眾的力量，幫你宣傳、說好話、賣東西。比方說，如果你現在要買一雙球鞋，你會怎麼做呢？

程　欣：首先我應該會上網搜尋一下資訊，然後看看網友給的評價，最後再到實體商店試穿。畢竟，試穿後才知道合不合適啊！

楊士杰：是啊，所以數位行銷的重點就是如何讓自己的品牌，在網路上有更好的口碑。而且要整合虛實通路，讓消費者有良好的購物體驗。

程　欣：那行銷是不是也包括市場調查呢？

楊士杰：現在除了市場調查以外，還可以在社群網站主動蒐集顧客的評論與建議，歸納出趨勢，再設計產品，也就是所謂的「參與式行銷」。拿唇膏來說，在秋冬新品上市前，品牌商就先到社群上蒐集討論，歸納出「霧面」、「偏紅」、「保濕成分」這些關鍵詞，再透過這些關鍵詞設計產品，就更能吸引消費者了。

程　欣：哇，我今天真是長見識了，原來行銷有這麼大的學問呢！我記得以前在教科書看過什麼行銷 4P 的，我以為就是賣東西而已。

楊士杰：你說的行銷 4P 是指產品（Product）、價格（Price）、地點或通路（Place）、促銷（Promotion）），這時是以產品為核心。後來有學者提出把 4P 轉換成站在買家立場的 4C 理論，也就是產品對顧客而言的價值（Customer Value）、價格對顧客的負擔（Customer Cost）、通路對顧客的便利性（Convenience）、促銷變成跟顧客的溝通（Communication）……

程　欣：好了！好了！士杰哥，你再說下去，我可記不住了。前面有家

咖啡店，我們去喝杯咖啡吧，我請客！

（進入咖啡店）

程　欣：（對咖啡店店員說）我要一杯拿鐵咖啡。

店　員：好的。請問小姐貴姓？

程　欣：我姓程。

（店員在杯子上寫「陳小姐」）

程　欣：這家咖啡店每次都把我的姓寫錯，我要拍照上傳臉書，給我的
　　　　朋友看看。

楊士杰：那你可能就幫他們做了一個免費廣告喔！

程　欣：天哪！

楊士杰：現在你知道市場行銷的重要了吧！

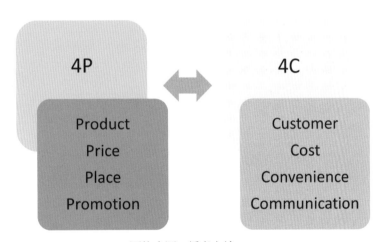

圖片來源：編者自繪

四、學科主題詞彙（Subject Vocabulary）

1.	市場	shìchǎng	N	market
	「市場行銷」指的是先製造出可以賣得好的產品，再研發出一套讓這個產品暢銷的系統。				

	過去幾年來，中國一直是世界上最大的**汽車**市場。			
2.	**行銷**	xíngxiāo	N/V	marketing, to sell
	行銷就是賣東西，或是做廣告、辦活動、宣傳嗎？			
	可口可樂用「快樂」的概念**行銷**全球。			
3.	**銷售**	xiāoshòu	V	to sell
	「行銷」跟「**銷售**」不一樣喔！			
	政府宣布，禁止生產、進口和**銷售**電子菸。			
4.	**社群網站**	shè qún wǎng-zhàn	N	social network
	在這個大家離不開**社群網站**的時代，行銷已經不能靠自己單打獨鬥。			
	社群網站已經成為現代人交朋友或聯絡的工具之一了。			
5.	**實體**	shítǐ	N	entity
	首先我應該會上網搜尋一下資訊，然後看看網友給的評價，最後再到**實體**商店試穿。			
	受到網路經濟發展影響，很多**實體**商店都關門了。			
6.	**品牌**	pǐnpái	N	brand
	數位行銷的重點就是如何讓自己的**品牌**，在網路上有更好的口碑。			
	一般來說，本地產品的**品牌**在其他的地方並不有名。			
7.	**虛實通路**	xūshí tōnglù	N	online and offline channels, virtual and real pathway
	而且要整合**虛實通路**，讓消費者有良好的購物體驗。			
	這家有名的大型連鎖商店負責人在會上分享他們整合**虛實通路**，提高銷售成績的經驗。			
8.	**通路**	tōnglù	N	[here] channel, path

	而且要整合虛實**通路**，讓消費者有良好的購物體驗。			
	只要找對**通路**，產品銷售的成績一定會很好。			
9.	**消費者**	xiāofèizhě	N	consumer
	而且要整合虛實通路，讓**消費者**有良好的購物體驗。			
	網路電商讓**消費者**購物多了很多選擇。			
10.	**上市**	shàngshì	Vp-sep	to appear on the market
	在秋冬新品**上市**前，品牌商就先到社群上蒐集討論。			
	那家新公司最近申請股票**上市**。			
11.	**促銷**	cùxiāo	N/V	promotion; to launch a promotional campaign
	你說的行銷 4P 是指產品（Product）、價格（Price）、地點或通路（Place）、**促銷**（Promotion）。			
	在國際旅展中常常可以買到**促銷**的便宜機票。			

五、詞彙（Vocabulary）

1.	**繼續**	jìxù	V	to keep on
	你畢業後有什麼計畫？想**繼續**念研究所還是找工作？			
	回美國後，一定要**繼續**學中文。			
2.	**實務**	shíwù	N	practice
	我是學商的，**實務**經驗很重要。			
	現在許多課程都強調理論與**實務**並重。			
3.	**累積**	lěijī	V	to accumulate
	我想先工作，等**累積**了一些工作經驗，再出國留學。			

	這次颱風下了很多雨，從昨天到今天已**累積**了 400 毫米（mm）的雨量。			
4.	**推銷**	tuīxiāo	V	to promote sales
	你不覺得**推銷**東西很不好意思嗎？			
	厲害的業務員不會讓客戶感覺到「**推銷**」。			
5.	**宣傳**	xuānchuán	V/N	to promote, to publicize
	行銷不就是賣東西，或是做廣告、辦活動、**宣傳**嗎？			
	這個活動的目的是希望把環保知識**宣傳**給更多的人知道。			
6.	**製造**	zhìzào	V	to manufacture, to make
	「市場行銷」指的是先**製造**出可以賣得好的產品，再研發出一套讓這個產品暢銷的系統。			
	這部機器很多零件都是中國**製造**的。			
7.	**研發**	yánfā	V	to research and develop, R&D
	「市場行銷」指的是先製造出可以賣得好的產品，再**研發**出一套讓這個產品暢銷的系統。			
	現在各國都在**研發**新能源，希望能解決能源問題。			
8.	**暢銷**	chàngxiāo	Vs/V	best-selling, be in great demand, sell well
	「市場行銷」指的是先製造出可以賣得好的產品，再研發出一套讓這個產品**暢銷**的系統。			
	這本書十分**暢銷**，上市不到三個月就賣完了			
9.	**系統**	xìtǒng	N	system
	「市場行銷」指的是先製造出可以賣得好的產品，再研發出一套讓這個產品暢銷的**系統**。			
	人臉辨識**系統**除了節省輸入密碼的時間外，也提高了安全性。			

10.	資訊	zīxùn	N	information
	網路上的**資訊**太多了，只靠廣告是不夠的。			
	機器能儲存的**資訊**比人類還多，所以有所謂的「超人工智能」。			
11.	時代	shídài	N	times, age, era
	在這個大家離不開社群網站的**時代**，行銷已經不能靠自己單打獨鬥。			
	很多出社會的人都很懷念自己學生**時代**跟朋友一起談天說地的生活。			
12.	單打獨鬥	dāndǎ dúdòu	IE	fight alone
	在這個大家離不開社群網站的時代，行銷已經不能靠自己**單打獨鬥**。			
	他一個人在城市**單打獨鬥**，建立自己的事業。			
13.	搜尋	sōuxún	V	to search
	首先我應該會上網**搜尋**一下資訊，然後看看網友給的評價，最後再到實體商店試穿。			
	旅行的時候，我常用數位地圖**搜尋**餐廳。			
14.	評價	píngjià	N/V	evaluation; to evaluate
	首先我應該會上網搜尋一下資訊，然後看看網友給的**評價**，最後再到實體商店試穿。			
	這本書在語言和文學的成就上都得到了很高的**評價**。			
15.	數位	shùwèi	Vs-attr	digital
	數位行銷的重點就是如何讓自己的品牌，在網路上有更好的口碑。			
	現在有許多**數位**博物館，不必出門就可以近距離地欣賞展覽品。			
16.	重點	zhòngdiǎn	N	focal point
	數位行銷的**重點**就是如何讓自己的品牌，在網路上有更好的口碑。			

	過年時的**重點**是跟家人團聚。			
17.	**如何**	rúhé	Adv	how to
	數位行銷的重點就是**如何**讓自己的品牌，在網路上有更好的口碑。			
	如何保護環境是目前人類最重要的功課。			
18.	**口碑**	kǒubēi	N	public praise
	數位行銷的重點就是如何讓自己的品牌，在網路上有更好的**口碑**。			
	這部電影自從上映以來，一直有很好的**口碑**。			
19.	**整合**	zhěnghé	V	to integrate
	數位行銷的重點就是如何讓自己的品牌，在網路上有更好的口碑。而且要**整合**虛實通路，讓消費者有良好的購物體驗。			
	這兩家公司合併後，正在進行**整合**。			
20.	**良好**	liánghǎo	Vs-attr	good
	數位行銷的重點就是如何讓自己的品牌，在網路上有更好的口碑。而且要整合虛實通路，讓消費者有**良好**的購物體驗。			
	如果想要有健康的身體，除了注意飲食、多運動以外，還要有**良好**的生活習慣。			
21.	**體驗**	tǐyàn	N/V	experience for oneself; to experience
	數位行銷的重點就是如何讓自己的品牌，在網路上有更好的口碑。而且要整合虛實通路，讓消費者有良好的購物**體驗**。			
	聽說那個溫泉很有名，有機會我想**體驗**一下。			
22.	**包括**	bāokuò	Vst	include
	行銷是不是也**包括**市場調查呢？			
	新能源是指傳統能源以外的各種能源形式，**包括**太陽能、風能、水能等。			

23.	調查	diàochá	N/V	survey, investigation; to survey, to investigate
	行銷是不是也包括市場**調查**呢？			
	這件事情況很複雜，一定要**調查**清楚。			
24.	主動	zhǔdòng	Vs	to take the initiative
	除了市場調查以外，還可以在社群網站**主動**蒐集顧客的評論與建議。			
	第一次見面後，他就**主動**打電話給那位小姐了。			
25.	蒐集	sōují	V	collect
	除了市場調查以外，還可以在社群網站主動**蒐集**顧客的評論與建議。			
	他的興趣是**蒐集**動漫公仔。			
26.	顧客	gùkè	N	customer
	除了市場調查以外，還可以在社群網站主動蒐集**顧客**的評論與建議。			
	小張是這家餐廳的老**顧客**，每個星期都至少來一次。			
27.	評論	pínglùn	N/V	commentary; to comment
	除了市場調查以外，還可以在社群網站主動蒐集顧客的**評論**與建議。			
	這本雜誌對時事的**評論**很客觀。			
28.	歸納	guīnà	Vpt	to generalize
	我們可以利用市場調查**歸納**出消費趨勢，再設計產品。			
	這本書我們可以**歸納**出三個重點。			
29.	趨勢	qūshì	N	trend, tendency
	我們可以利用市場調查歸納出消費**趨勢**，再設計產品。			

	人工智能已成爲一種**趨勢**。			
30.	**設計**	shèjì	V	to design
	我們可以利用市場調查歸納出消費趨勢，再**設計**產品。			
	這棟大樓是國際知名的建築師**設計**的。			
31.	**參與**	cānyù	V	to participate
	現在除了市場調查以外，還可以在社群網站主動蒐集顧客的評論與建議，歸納出趨勢，再設計產品，也就是所謂的「**參與**式行銷」。			
	請你再確認一下**參與**會議的人員名單。			
32.	**唇膏**	chúngāo	N	lipstick
	這個品牌的**唇膏**口碑不錯。			
	唇膏是化妝時不能缺少的東西。			
33.	**霧面**	wùmiàn	N	matte
	他特別喜歡**霧面**的唇膏。			
	鋁箔紙一面是亮面的，一面是**霧面**的。			
34.	**偏**	piān	Adv	indicates sth a little bit more..., like in color, reddish or bluish or greenish, or in taste, sweeter or bitter, etc.
	歸納出「霧面」、「**偏**紅」、「保濕成分」這些關鍵詞。			
	對很多人來說，台南小吃的口味**偏**甜。			
35.	**保濕**	bǎoshī	Vi	moisturizing
	很多化妝品都強調**保濕**的功能。			
	在乾冷的地方，要特別注意皮膚的**保濕**。			
36.	**成分**	chéngfèn	N	ingredient

	這種唇膏含有保濕的**成分**。			
	不同的食物有不同的營養**成分**，所以不應該偏食。			
37.	**關鍵詞**	guānjiàncí	N	key word
	保濕是化妝品廣告中最常見的**關鍵詞**之一。			
	這篇論文摘要需要寫五個**關鍵詞**。			
38.	**透過**	tòuguò	Prep	through
	再**透過**這些關鍵詞設計產品，就更能吸引消費者了。			
	網站會**透過**你的搜尋紀錄，自動推薦你喜歡的商品。			
39.	**吸引**	xīyǐn	Vst	to attract
	再透過這些關鍵詞設計產品，就更能**吸引**消費者了。			
	那家百貨公司為了**吸引**顧客，推出「滿五千送五百」的活動。			
40.	**長見識**	zhǎng jiànshi	IE	increase one's knowledge
	哇，我今天真是**長見識**了。			
	參加這次會議讓我**長**了很多**見識**。			
41.	**學問**	xuéwèn	N	knowledge
	原來行銷有這麼大的**學問**呢！			
	送禮物有很多**學問**，除了要看對方的喜好，也要注意文化的問題。			
42.	**教科書**	jiàokēshū	N	textbook
	我記得以前在**教科書**看過什麼行銷 4P 的。			
	這本**教科書**適合中級以上的學生。			
43.	**核心**	héxīn	N	core
	你說的行銷 4P 是指產品（Product）、價格（Price）、地點或通路（Place）、促銷（Promotion），這時是以產品為**核心**。			
	儒家文化是中華文化的**核心**思想。			

44.	**學者**	xuézhě	N	scholar
	後來有**學者**提出把 4P 轉換成站在買家立場的 4C 理論。			
	多參加研討會可以跟來自各地的**學者**交流。			
45.	**提出**	tíchū	V	to put forward, to propose
	後來有學者**提出**把 4P 轉換成站在買家立場的 4C 理論。			
	大家**提出**的意見都很好。			
46.	**轉換**	zhuǎnhuàn	V	to change, to switch, to convert, to transform
	後來有學者提出把 4P **轉換**成站在買家立場的 4C 理論。			
	最近是季節**轉換**的時候，日夜溫差大，要小心感冒。			
47.	**立場**	lìchǎng	N	position, standpoint
	後來有學者提出把 4P 轉換成站在買家**立場**的 4C 理論。			
	裁判應該要站在公正的**立場**。			
48.	**理論**	lǐlùn	N	theory
	後來有學者提出把 4P 轉換成站在買家立場的 4C **理論**。			
	以前學校裡教的是**理論**，跟實際的狀況有時候不太一樣，所以現在也有很多實務課。			
49.	**價值**	jiàzhí	N	value
	4C 理論是指產品對顧客而言的**價值**、價格對顧客的負擔、通路對顧客的便利性、促銷變成跟顧客的溝通。			
	這個東西是我爸爸送我的，在我心中的**價值**是多少錢也買不到的。			
50.	**負擔**	fùdān	N/V	burden; to bear a burden
	4C 理論是指產品對顧客而言的價值、價格對顧客的**負擔**、通路對顧客的便利性、促銷變成跟顧客的溝通。			
	他因爲得**負擔**家計，所以一直半工半讀，最後完成學業。			

51.	溝通	gōutōng	N/V	communication; to communicate

4C 理論是指產品對顧客而言的價值、價格對顧客的負擔、通路對顧客的便利性、促銷變成跟顧客的**溝通**。

有問題應該提出來**溝通**，不要把問題放在心裡。

六、句型（Sentence Patterns and Constructions）

1. ……指的是……...zhǐ de shì...　refer to

「指的是」常用來說明。「指的是」前面是需要說明的名詞或短語，後面是說明。

> 「市場行銷」（Marketing）**指的是**先製造出可以賣得好的產品，再研發出一套讓這個產品暢銷的系統。
> 「春運」**指的是**中國春節這個時候的交通運輸。
> 「霸凌」原來**指的是**一種在校園或者青少年之間惡意傷害的行為。

練習

① ＿＿＿＿＿＿＿＿ 指的是傳統能源以外的各種能源形式，包括太陽能、風能、水能等。
② A：「通路」指的是什麼？
　 B：＿＿＿＿＿＿＿＿＿＿＿＿＿＿＿＿＿＿＿＿＿＿。

2. 比方說 bǐfāng shuō　for example

「比方說」常用來舉例，後面是例子。也可以說「比如」或「比如說」。

> **比方說**，如果你現在要買一雙球鞋，你會怎麼做呢？
> 現在有很多手機通訊應用程式，**比方說** WhatsApp、Line、微信等。

➤ 吃飯的時候應該注意餐桌禮儀，**比方說**吃飯的時候發出聲音、在餐桌上打嗝，都是不禮貌的行為。

中央 練習
① 我喜歡的歌手很多，比方說 ＿＿＿＿＿＿＿＿＿＿＿＿＿＿＿＿＿＿＿＿ 。
② A：為什麼最近越來越多人開始吃素？
　　B：吃素有很多好處，＿＿＿＿＿＿＿＿＿＿＿＿＿＿＿＿＿＿＿ 。

3. 首先……然後……最後……　shǒuxiān...ránhòu...zuìhòu...　first...,
then..., finally
在說事情的先後時，可以用「首先」來說第一件事，用「然後」說下一件事，再用「最後」結束。

➤ **首先**我應該會上網搜尋一下資訊，**然後**看看網友給的評價，**最後**再到實體商店試穿。
➤ 我很喜歡煎蛋。**首先**把油倒在熱鍋上，**然後**把蛋打進鍋裡，**最後**把蛋翻面，蛋就煎好了。
➤ 參加工作面試的時候，**首先**可以介紹自己的基本資料，**然後**說明你的工作經驗，**最後**強調你申請這個工作的原因。

中央 練習
① 煮泡麵很簡單。首先 ＿＿＿＿＿＿＿ ，然後 ＿＿＿＿＿＿＿ ，
　最後 ＿＿＿＿＿＿＿ ，就可以吃了。
② A：請你說說你怎麼準備中文考試？
　　B：＿＿＿＿＿＿＿＿＿＿＿＿＿＿＿＿＿＿＿＿＿＿＿ 。

4. 畢竟 bìjìng　after all, all in all, when all is said and done
「畢竟」是副詞，意思是不管怎麼樣，事情從根本來看，情況還是「畢

竟」後面說的情形。「畢竟」可以在動詞的前面，也可以在句子的開始。

➤ ……**畢竟**，試穿後才知道合不合適啊！
➤ 大家聚會時應該不要低頭滑手機。**畢竟**，坐在你前面的人才是最重要的。
➤ 有些人擔心如果有人利用人工智能犯罪，會有嚴重的後果。**畢竟**，人工智能還沒有分別是非的能力。

練習

① 綠色能源好像可以解決很多問題，可是綠色能源畢竟 ＿＿＿＿＿＿＿＿＿
＿＿＿＿＿＿＿＿＿＿＿＿＿＿＿＿＿，還不能完全取代傳統能源。

② A：有時候我覺得很不能了解孩子的想法。
　　B：你應該儘量跟他們溝通，＿＿＿＿＿＿＿＿＿＿＿＿＿＿＿＿。

5. 所謂的…… suǒwèi de...　so-called

「所謂的」意思是「大家或某人所說的」。

➤ 現在除了市場調查以外，還可以在社群網站主動蒐集顧客的評論與建議，歸納出趨勢，再設計產品，也就是**所謂的**「參與式行銷」。
➤ 除了智商以外，現在大家覺得處理情感的能力也很重要，也就是**所謂的**「情商」。
➤ 從醫學的角度來看，**所謂的**肥胖是指一個人的身體質量指數（BMI）超過三十。

練習

① 所謂的好朋友是指 ＿＿＿＿＿＿＿＿＿＿＿＿＿＿＿＿＿。

② A：你認為所謂「有用的」專業是什麼？是指找工作容易、收入高嗎？

B：_____。

6. 拿⋯⋯來說 ná...lái shuō　take...for example

從某一方面或舉某個例子來說明前面討論到的事。

➤ **拿**唇膏**來說**，在秋冬新品上市前，品牌商就先到社群上蒐集討論。

➤ 每個人口味都不一樣。**拿**我妹妹**來說**，她就不喜歡吃辣的。

➤ 大家都有自己的煩惱。**拿**張先生**來說**，他最煩惱的是孩子的學習問題。

練習

① 每個人的專長都不一樣。拿 _____ 來說，_____

_____。

② A：請你說說中文跟你們國家的語言有什麼不一樣？

　 B：_____。

7. 以⋯⋯為⋯⋯　yǐ...wéi...　take...as...

「以⋯⋯為⋯⋯」有「用⋯⋯當作⋯⋯」的意思。「以」和「為」的後面大多是名詞或名詞短語，常用在書面語或正式語體。

➤ 行銷 4P 是指產品、價格、地點或通路，和促銷，這時是**以**產品**為**核心。

➤ 選擇帳號密碼的時候，應該避免**以**生日、電話等個人資訊**為**密碼。

➤ 中國文化強調「**以**和**為**貴」，所以不喜歡跟別人衝突。

練習

① 我以 _____ 為未來的目標。

② A：這家餐廳主要的特色是什麼？

B：_____。

8. 把……V 成…… bǎ...V chéng...　turn...into...
「把」和「V 成」之間的名詞經由動詞的動作變成另一件事物。

➤ 有學者提出**把** 4P 轉換**成**站在買家立場的 4C 理論。
➤ 你**把**「再見」的「再」寫**成**「在」了。
➤ 教授**把**今天的午餐換**成**中式便當。

練習
① 他 _____「一千」的「千」_____「十」了。
② A：如果有機會的話，你想把你的房子改成什麼樣子？

B：_____。

9. 對……而言 duì...ér yán　with respect to
「對……而言」和「對……來說」都是在說出事情情況之前，指出跟這件事有關係的對象。「對……來說」比較口語，「對……而言」比較書面。

➤ 產品**對**顧客**而言**的價值是行銷要考慮的重點。
➤ **對**我**而言**，家人是最重要的。
➤ **對**學生**而言**，課業與課外活動都很重要。

練習
① 對 _____ 而言，_____。
② A：工作對你而言，代表什麼意義呢？

B：_____。

七、近似詞（Synonyms）

1.	繼續	一直	2.	推銷	行銷
3.	製造	生產	4.	出產	產品
5.	暢銷	流行	6.	系統	制度
7.	時代	時間／時期	8.	搜尋	找
9.	畢竟	到底	10.	合適	適合
11.	體驗	經驗	12.	主動	自動
13.	顧客	客人	14.	參與	參加
15.	價值	價錢	16.	品牌	牌子／名牌

八、綜合練習（Exercises）

（一）重述練習

1. 什麼是市場行銷？

市場行銷原來指的是先 ＿＿＿＿＿＿＿＿＿＿＿＿＿＿，再 ＿＿＿＿＿＿＿
＿＿＿＿＿＿＿＿＿＿＿＿＿＿＿＿＿。而且現在因為大家都在
網路上購物，網路上的 ＿＿＿＿ 太 ＿＿＿＿ 了，只靠 ＿＿＿＿ 是不
夠的。在這個 ＿＿＿＿＿＿＿＿＿＿＿＿＿＿ 的時代，行銷已
經不能 ＿＿＿＿＿＿＿，而是要借助 ＿＿＿＿＿＿＿。

2. 什麼是參與式行銷？

現在行銷除了 ＿＿＿＿＿＿ 以外，還可以在社群網站主動 ＿＿＿＿
＿＿＿＿＿＿＿，歸納出 ＿＿＿＿＿，再 ＿＿＿＿＿＿，這就是所
謂的 ＿＿＿＿＿＿＿。

3. 什麼是「行銷 4P」？

行銷 4P 是指 ＿＿＿＿、＿＿＿＿、＿＿＿＿＿、＿＿＿＿，這

時是以 _____ 為 _____。後來有學者提出把 _____ 轉換成 _____，也就是 _____。

（二）詞語填空

核心	溝通	實務	理論
蒐集	畢竟	負擔	累積
成分	整合	提出	繼續

大學畢業以後要 _____ 念研究所還是開始工作，應該先看自己以後想念什麼科系再決定。很多行銷管理方面的研究所都希望申請者已經有 _____ 經驗，而且除了要知道怎麼 _____ 、_____ 網路上的資料，找出問題的 _____，並且 _____ 建議以外，能不能跟同事 _____ 也是很重要的能力。_____，管理或行銷不能只靠書上的 _____。

趨勢	評價	口碑	參與
品牌	時代	關鍵	搜尋
宣傳	價值	消費者	首先

現在有越來越多 _____ 習慣在網路上購物，因此數位行銷已經是很重要的 _____。除了好產品，數位行銷主要借助群眾的力量，幫忙 _____。一般人購物時，_____ 會上網 _____ 資訊，然後看網友給的 _____，最後再決定。所以數位行銷的重點還是在如何讓自己的 _____ 在網路上有更好的 _____。

（三）回答問題

1. 你認為大學畢業生要如何才能找到好工作？

| 不能……，而…… | 以……為…… | 畢竟 | 透過 |

2. 請舉例說明什麼是「合作式學習」。你覺得這樣的學習真的有用嗎？

| 所謂的……就是…… | 拿……來說 | 借助 | 把……V 成…… |

3. 如果有一天，你要買房子或是汽車，你打算怎麼做？

| 對……而言 | 首先……，然後……，最後…… | 透過 |

九、課後活動（Extension Activties）

（一）問題討論

1. 課文說的行銷方式，你以前聽過哪些，是在什麼商品廣告或什麼情形看（聽）到的？請介紹一下。
2. 你認為市場行銷對社會的影響是什麼？

（二）任務

1. 請找一個你最想推銷的東西，並使用一個行銷模式來推銷。
2. 大學畢業生在面對競爭很激烈的就業市場時，可以用什麼方法來行銷自己？

詞彙索引（Vocabulary Index）
單元排序（Sorted by Chapters）

生詞	拼音	詞性	英譯	單元名稱
輸入	shūrù	V	to input	應用軟體
安裝	ānzhuāng	V	to install	應用軟體
支援	zhīyuán	V	to support	應用軟體
應用程式	yìngyòng chéngshì	N	application, (computer) program	應用軟體
應用軟體	yìngyòng ruǎntǐ	N	application software	應用軟體
軟體	ruǎntǐ	N	software	應用軟體
編寫	biānxiě	V	to compile	應用軟體
編	biān	V	to compile	應用軟體
程式	chéngshì	N	program	應用軟體
播放器	bòfàngqì	N	(multimedia) player	應用軟體
防毒軟體	fángdú ruǎntǐ	N	antivirus software	應用軟體
瀏覽器	liúlǎnqì	N	browser (software)	應用軟體
作業系統	zuòyè xìtǒng	N	operating system	應用軟體
程式語言	chéngshì yǔyán	N	programming language	應用軟體
原始碼	yuánshǐmǎ	N	source code	應用軟體
編譯器	biānyìqì	N	compiler	應用軟體
執行檔	zhíxíng dǎng	N	executive file	應用軟體
除錯	chú cuò	V-sep	to debug	應用軟體
程式錯誤	chéngshì cuòwù	N	bug	應用軟體
錯誤	cuòwù	N	error, mistake	應用軟體
網頁	wǎngyè	N	web page	應用軟體

布置	bùzhì	V	to arrange, to decorate	應用軟體
溫馨	wēnxīn	Vs	heartwarming, lovely	應用軟體
能力	nénglì	N	capability, ability	應用軟體
測驗	cèyàn	N/V	test; to test	應用軟體
實驗	shíyàn	N	experiment	應用軟體
官方	guānfāng	Vs-attr	official (approved or issued by an authority)	應用軟體
轉換	zhuǎnhuàn	V	to change, to switch, to convert, to transform	應用軟體
卡	kǎ	N	card; 字卡 : words flash cards	應用軟體
容量	róngliàng	N	capacity, volume, quantitative (science)	應用軟體
全名	quánmíng	N	full name	應用軟體
某	mǒu	Det	certain, some	應用軟體
應用	yìngyòng	V	to use, to apply	應用軟體
目的	mùdì	N	purpose, aim, goal	應用軟體
智慧型	zhìhuìxíng	Vs-attr	smart, intelligent	應用軟體
普及	pǔjí	Vs	popular	應用軟體
專屬	zhuānsh	Vs-attr	exclusive	應用軟體
通稱	tōngchēng	Vpt	to be generally called as	應用軟體
版	bǎn	N	edition, version	應用軟體
設計師	shèjìshī	N	programmer, designer	應用軟體
機器	jīqì	N	machine	應用軟體
執行	zhíxíng	V	to execute	應用軟體
設計	shèjì	V	to design	應用軟體
過程	guòchéng	N	process	應用軟體
結果	jiéguǒ	N	a result, an outcome, an effect	應用軟體

預期	yùqí	V	to expect, to anticipate	應用軟體
仔細	zǐxì	Vs	careful, thoroughgoing	應用軟體
檢查	jiǎnchá	V	to examine, to inspect	應用軟體
步驟	bùzòu	N	procedure, step	應用軟體
耐心	nàixīn	N	patience	應用軟體
細心	xìxīn	N/Vs	circumspection; attentive	應用軟體
原來如此	yuánlái rúcǐ	IE	So that is what [how] it is., I see.	應用軟體
順利	shùnlì	Vs	smooth, without a hitch	應用軟體
閱讀	yuèdú	V/N	to read; reading	應用軟體
裝	zhuāng	V	pretend	應用軟體
文青	wénqīng	N	hipster	應用軟體
數據	shùjù	N	data	機率與統計
統計	tǒngjì	V/N	to count, to add up, statistics	機率與統計
中位數	zhōngwèishù	N	median	機率與統計
個數	gèshù	N	cardinality	機率與統計
奇數	jīshù	N	odd number	機率與統計
偶數	ǒushù	N	even number	機率與統計
算術	suànshù	N	arithmetic, mathematics (as a primary school subject)	機率與統計
平均數	píngjūnzhí	N	average, mean	機率與統計
算術平均數	suànshù píngjūnshù	N	arithmetic average, arithmetic mean	機率與統計
數值	shùzhí	N	numerical value	機率與統計
迪化街	Díhuà Jiē	N	a street in Taipei City	機率與統計
霞海城隍廟	Xiáhǎi Chénghuáng miào	N	Taipei Xia-Hai City God Temple	機率與統計

月下老人	yuèxiàlǎorén	N	a deity concerned with marriage in Chinese folk religion, matchmaker	機率與統計
牽紅線	qiān hóngxiàn	N	to play Cupid for, set sb. up with	機率與統計
白馬王子	báimǎwángzǐ	N	Prince Charming	機率與統計
維基百科	Wéijī Bǎikē	N	Wikipedia (online encyclopedia)	機率與統計
拜拜	bàibai	Vi	(Taiwan and Southern Fujian) religious ceremony in which offerings are made to a deity	機率與統計
傳說	chuánshuō	V/N	it is said, they say that, legend; folklore	機率與統計
結婚	jiéhūn	Vp-sep	to marr, to get married	機率與統計
對象	duìxiàng	N	marriage partner, boyfriend, girlfriend, target	機率與統計
分析	fēnxī	N/V	analysis; to analyze	機率與統計
夫婦	fūfù	N	husband and wife, married couple	機率與統計
還願	huányuàn	Vp-sep	to redeem a vow (to a deity)	機率與統計
超過	chāoguò	Vpt	exceed	機率與統計
開放	kāifàng	V	to open	機率與統計
平均	píngjūn	Vs	average	機率與統計
方式	fāngshì	N	way, method, manner	機率與統計
大約	dàyuē	Adv	approximately, probably	機率與統計
新婚	xīnhūn	Vs-attr	newly wed	機率與統計
百分之	bǎifēnzhī	Ph	percent	機率與統計
機率	jīlǜ	N	probability, odds (common in Taiwan)	機率與統計
旅遊	lǚyóu	N/Vi	travel; to travel	機率與統計
資料	zīliào	N	data, information, profile (Internet)	機率與統計

香客	xiāngkè	N	Buddhist pilgrim, Buddhist worshipper	機率與統計
實現	shíxiàn	V	pilgrim	機率與統計
願望	yuànwàng	N	desire, wish	機率與統計
理想	lǐxiǎng	Vs	ideal, perfect	機率與統計
收入	shōurù	N	income, revenue	機率與統計
個性	gèxìng	N	personality	機率與統計
溫柔	wēnróu	Vs	gentle and soft, tender	機率與統計
做夢	zuòmèng	V-sep	to dream, to have a dream	機率與統計
非	fēi	Vs-attr	non-	機率與統計
官方	guānfāng	Vs-attr	official (approved or issued by an authority)	機率與統計
身高	shēngāo	N	(a person's) height	機率與統計
薪水	xīnshuǐ	N	salary, wage	機率與統計
從事	cóngshì	Vst	[formal] to do, to go for, to engage in, to undertake	機率與統計
服務業	fúwùyè	N	service industry	機率與統計
薪資	xīnzī	N	salary	機率與統計
計算	jìsuàn	V	to count, to calculate, to compute	機率與統計
有限	yǒuxiàn	Vs	limited, finite	機率與統計
同類	tónglèi	N	same type, same kind	機率與統計
順序	shùnxù	N	sequence, order	機率與統計
排列	páiliè	V	to array, to arrange, to range	機率與統計
群	qún	M	group, crowd	機率與統計
排序	páixù	V-sep	to sort, to arrange in order	機率與統計
月薪	yuèxīn	N	monthly income	機率與統計
意義	yìyì	N	sense, meaning	機率與統計

受到	shòudào	Vpt	a passive Marker, 受到……的影響, to be influenced by, affected by	機率與統計
極端	jíduān	Vs	extreme	機率與統計
為難	wéinán	Vst	put someone in an awkward position	機率與統計
列印	lièyìn	V	to print out (Tw)	3D 列印
印	yìn	V	to print	3D 列印
三維	sānwéi	N	three dimension, 3D	3D 列印
增材製造	zēngcái zhìzào	N	Additive Manufacturing, AM	3D 列印
製造	zhìzào	V	to manufacture, to make	3D 列印
積層製造	jīcéng zhìzào	N	Laminated manufacturing, LM	3D 列印
建模	jiàn mó	V-sep	modeling	3D 列印
掃描器	sǎomiáoqì	N	scanner	3D 列印
切片軟體	qiēpiàn ruǎntǐ	N	slicer	3D 列印
薄層	bócéng	N	thin layer, thin slice, film, lamina, lamella	3D 列印
熔融沉積成型	róngróng chénjī chéng xíng	N	fused deposition modeling, FDM	3D 列印
分層	fēncéng	N	lamination, layering, stratification, delamination	3D 列印
熱塑性塑膠	rèsùxìng sùjiāo	N	thermoplastic	3D 列印
輸送	shūsòng	V	to transport, to convey	3D 列印
噴嘴	pēnzuǐ	N	nozzle	3D 列印
輸出	shūchū	V	to output	3D 列印
支氣管支架	zhīqìguǎn zhījià	N	bronchial stent	3D 列印
支氣管	zhīqìguǎn	N	bronchus	3D 列印
義肢	yìzhī	N	artificial limb, prosthesis	3D 列印

模型	móxíng	N	model, mold	3D 列印
設計	shèjì	V	to design	3D 列印
組裝	zǔzhuāng	V	to assemble and install	3D 列印
印表機	yìnbiǎojī	N	printer	3D 列印
任何	rènhé	Det	any	3D 列印
物體	wùtǐ	N	object, body, substance	3D 列印
過程	guòchéng	N	process	3D 列印
完成	wánchéng	Vpt	to complete, to accomplish	3D 列印
首先	shǒuxiān	Adv	first (of all)	3D 列印
利用	lìyòng	V	to use, to utilize	3D 列印
軟體	ruǎntǐ	N	software (Tw)	3D 列印
建立	jiànlì	V	to establish, to set up, to found	3D 列印
檢查	jiǎnchá	V	to examine, to inspect	3D 列印
錯誤	cuòwù	N	error, mistake	3D 列印
表面	biǎomiàn	N	surface, appearance	3D 列印
連接	liánjiē	Vpt	to link, to connect	3D 列印
轉換	zhuǎnhuàn	Vpt	to change, to switch, to convert, to transform	3D 列印
一系列	yí-xìliè	Vs-attr	a series of, a string of	3D 列印
系列	xìliè	N	series	3D 列印
傳送	chuánsòng	V	to convey, to deliver	3D 列印
方式	fāngshì	N	way, method, manner	3D 列印
材料	cáiliào	N	material	3D 列印
影響	yǐngxiǎng	Vpt	to influence, to affect	3D 列印
製作	zhìzuò	V	to make, to manufacture	3D 列印
複雜	fùzá	Vs	complicated	3D 列印

技術	jìshù	N	technology, technique, skills	3D 列印
硬化	yìnghuà	Vp	to harden, to stiffen	3D 列印
產生	chǎnshēng	V	to create, to produce, to arise, to cause	3D 列印
橡膠	xiàngjiāo	N	rubber, caoutchouc	3D 列印
陶瓷	táocí	N	ceramics	3D 列印
加熱	jiārè	V	to heat	3D 列印
成品	chéngpǐn	N	finished product	3D 列印
應用	yìngyòng	V	to use, to apply	3D 列印
領域	lǐngyù	N	domain, sphere, field, territory, area	3D 列印
改善	gǎishàn	Vp	to improve	3D 列印
醫學	yīxué	N	medicine, medical science, study of medicine	3D 列印
工程	gōngchéng	N	engineering, an engineering project, project, undertaking	3D 列印
醫療	yīliáo	N	medical care, medical treatment	3D 列印
團隊	tuánduì	N	team	3D 列印
心臟	xīnzàng	N	heart	3D 列印
動手術	dòng shǒushù	Ph	to be operated, to have an operation, 手術：(surgical) operation, surgery	3D 列印
模擬	mónǐ	V	to simulate, to imitate	3D 列印
成功率	chénggōnglǜ	N	success rate, achievement ratio	3D 列印
先天	xiāntiān	Vs-attr	inborn, innate, natural	3D 列印
正常	zhèngcháng	Vs	regular, normal, ordinary	3D 列印
呼吸	hūxī	V	to breathe, breathing	3D 列印
失去	shīqù	Vpt	to lose	3D 列印

手掌	shǒuzhǎng	N	palm	3D 列印
成本	chéngběn	N	costs	3D 列印
身障	shēnzhàng	Vs-attr	handicapped	3D 列印
人士	rénshì	N	person, figure	3D 列印
光	guāng	Adv	only, merely	3D 列印
再生能源	zàishēng néngyuán	N	renewable energy	再生能源
風力	fēnglì	N	wind power	再生能源
發電機	fādiànjī	N	electricity generator, dynamo	再生能源
發動機	fādòngjī	N	engine, motor	再生能源
葉片	yèpiàn	N	blade (of propellor), vane	再生能源
發電量	fādiànliàng	N	(generated) electrical energy	再生能源
風速	fēngsù	N	wind speed	再生能源
瓦	wǎ	N	watt, abbr. for 瓦特	再生能源
百萬瓦	bǎiwàn wǎ	N	megawatt (MW)	再生能源
機組	jīzǔ	N	unit (apparatus)	再生能源
直徑	zhíjìng	N	diameter	再生能源
發電	fā diàn	N	to generate electricity	再生能源
風能	fēngnéng	N	wind power	再生能源
火力	huǒlì	N	firepower	再生能源
核能	hénéng	N	nuclear energy	再生能源
化石燃料	huàshíránliào	N	fossil fuel	再生能源
煤	méi	N	coal	再生能源
二氧化碳	èryǎnghuàtàn	N	carbon dioxide, CO_2	再生能源
全球暖化	quánqiú nuǎnhuà	N	global warming	再生能源

碳	tàn	N	carbon (chemistry)	再生能源
排放量	páifàngliàng	N	emissions	再生能源
電廠	diànchǎng	N	electric power plant	再生能源
核廢料	héfèiliào	N	nuclear waste	再生能源
太陽能	tàiyángnéng	N	solar energy	再生能源
水力發電	shuǐlìfādiàn	N	hydroelectricity	再生能源
面板	miànbǎn	N	faceplate, breadboard	再生能源
輻射	fúshè	N	radiation	再生能源
面積	miànjī	N	area (of a floor, piece of land etc)	再生能源
離岸風電	lí'àn fēngdiàn	N	offshore wind power	再生能源
風場	fēngchǎng	N	wind field	再生能源
核四	Hésì	N	Fourth Nuclear Power Plant near New Taipei City 新北市 [Xīnběishì], Taiwan, also called Lungmen Nuclear Power Plant	再生能源
風車	fēngchē	N	pinwheel, windmill	再生能源
原理	yuánlǐ	N	principle (physics), theory	再生能源
專業	zhuānyè	N/Vs-attr	specialized field; professional	再生能源
壯觀	zhuàngguān	Vs	spectacular, magnificent sight	再生能源
超過	chāoguò	Vpt	exceed	再生能源
長度	chángdù	N	length	再生能源
主要	zhǔyào	Adv/Vs-attr	mainly; main	再生能源
藉由	jièyóu	Adv	by means of, through, by	再生能源
轉動	zhuǎndòng	V	to turn sth around, to swivel	再生能源
產生	chǎnshēng	Vpt	to create, to produce, to arise, to cause	再生能源

吹	chuī	V	to blow	再生能源
季風	jìfēng	N	monsoon	再生能源
條件	tiáojiàn	N	condition, circumstances	再生能源
可靠	kěkào	Vs	reliable	再生能源
方式	fāngshì	N	way, method, manner	再生能源
穩定	wěndìng	Vs	steady, stable	再生能源
優點	yōudiǎn	N	advantage	再生能源
缺點	quēdiǎn	N	weak point, disadvantage	再生能源
燃燒	ránshāo	V	to ignite, to combust, to burn	再生能源
過程	guòchéng	N	process	再生能源
造成	zàochéng	Vpt	to bring about, to cause	再生能源
汙染	wūrǎn	N	pollution	再生能源
導致	dǎozhì	Vst	to lead to, to bring about	再生能源
安全	ānquán	N	safety	再生能源
及	jí	Conj	and	再生能源
發展	fāzhǎn	V	to develop	再生能源
來自	láizì	Vpt	to come from (a place)	再生能源
再生	zàishēng	Vs-attr	to regenerate	再生能源
開發	kāifā	V	to exploit (a resource)	再生能源
可能性	kěnéngxìng	N	possibility, probability	再生能源
話題	huàtí	N	subject (of a talk or conversation), topic	再生能源
屋頂	wūdǐng	N	roof	再生能源
光	guāng	N	light	再生能源
透過	tòuguò	Prep	through, via	再生能源

轉換	zhuǎnhuàn	V	to change, to switch, to convert, to transform	再生能源
的確	díquè	Adv	really, indeed	再生能源
設備	shèbèi	N	equipment, facilities, installations	再生能源
土地	tǔdì	N	land	再生能源
建立	jiànlì	V	to establish, to set up, to create (a database)	再生能源
取得	qǔdé	Vp	to get, to obtain	再生能源
蓋	gài	V	to build	再生能源
投資	tóuzī	V	to invest	再生能源
兆	zhào	N	trillion	再生能源
有一利必有一弊	yǒu yí lì bì yǒu yí bì	IE	There must be a pro and a con.	再生能源
有道理	yǒu dàolǐ	IE	to make sense, reasonable	再生能源
認真	rènzhēn	Vs	conscientious, earnest, serious	再生能源
省電	shěng diàn	Vp-sep	to save electricity	再生能源
無人	wúrén	Vs-attr	unmanned	人工智能
人工智能	réngōng zhìnéng	N	artificial intelligence	人工智能
數學模型	shùxué móxíng	N	mathematical model	人工智能
輸入	shūrù	V	to input	人工智能
輸出	shūchū	V	to output	人工智能
數據	shùjù	N	data	人工智能
資料庫	zīliàokù	N	database	人工智能
特徵抽取	tèzhēng chōuqǔ	N	feature extraction	人工智能
一維	yìwéi	N	one-dimensional (math.)	人工智能
陣列	zhènliè	N	array	人工智能

儲存	chǔcún	V	to store	人工智能
演算	yǎnsuàn	V	to compute, to calculate	人工智能
運算	yùnsuàn	V/N	to calculate; (logical) operation	人工智能
統計	tǒngjì	V/N	to count, to add up, statistics	人工智能
機器人	jīqìrén	N	robot	人工智能
人臉辨識	rénliǎn biànshì	N	face recognition	人工智能
辨識	biànshì	V/N	to identify, to recognize; recognition	人工智能
類神經網絡	lèishénjīng wǎngluò	N	neural network (artificial or biological)	人工智能
生物科技	shēngwù kējì	N	biotechnology	人工智能
第二次世界大戰	Dì-èr Cì Shìjiè Dàzhàn	N	World War II	人工智能
大數據	dàshùjù	N	big data	人工智能
取餐	qǔ cān	Ph	to take meal (in a resturant)	人工智能
鬆口氣	sōng kǒuqì	IE	[here] to relax, to feel relived	人工智能
簡稱	jiǎnchēng	Vst	to abbreviate	人工智能
規則	guīzé	N	rule, regulation	人工智能
根據	gēnjù	Prep	according to, based on	人工智能
資料	zīliào	N	data, information, profile (Internet)	人工智能
判斷	pànduàn	V	to judge, to determine	人工智能
神	shén	Vs	(slang) awesome, amazing	人工智能
期間	qíjiān	N	period of time	人工智能
科學家	kēxuéjiā	N	scientist	人工智能
戰爭	zhànzhēng	N	war	人工智能
普遍	pǔbiàn	Vs	universal, general, widespread, common	人工智能

應用	yìngyòng	V	to use, to apply	人工智能
產業	chǎnyè	N	industry	人工智能
擁有	yǒngyǒu	Vst	to have, to possess	人工智能
首先	shǒuxiān	Adv	first (of all)	人工智能
必須	bìxū	Vaux	have to, be obliged to	人工智能
建立	jiànlì	V	to establish, to set up, to create (a database)	人工智能
記錄	jìlù	V/N	to record; record (written account)	人工智能
購物	gòuwù	Vi/N	to shop; shopping	人工智能
類型	lèixíng	N	type, category, genre, form, style	人工智能
消費	xiāofèi	N/V	consumption; to consume	人工智能
具有	jùyǒu	Vst	possess, have, be provided with	人工智能
代表性	dàibiǎoxìng	N	representativeness	人工智能
步驟	bùzòu	N	procedure, step	人工智能
轉換	zhuǎnhuàn	V	to change, to switch, to convert, to transform	人工智能
邏輯	luójí	N	logic	人工智能
分析	fēnxī	V/N	to analyze; analysis	人工智能
整合	zhěnghé	V	to conform, to integrate	人工智能
偏好	piānhào	N/V	preference; to prefer	人工智能
不可思議	bùkěsīyì	IE	inconceivable, unimaginable, unfathomable	人工智能
駕駛	jiàshǐ	V/N	to drive; to pilot (ship, airplane etc); driver	人工智能
語音	yǔyīn	N	voice	人工智能
管理	guǎnlǐ	V/N	to supervise, to manage, to administer; management, administration	人工智能

投資	tóuzī	N/V	investment; to invest	人工智能
價值	jiàzhí	N	value	人工智能
精準	jīngzhǔn	Vs	accurate, exact, precise	人工智能
手術	shǒushù	N	(surgical) operation, surgery	人工智能
憑	píng	Prep	to rely on, on the basis of	人工智能
累積	lěijī	V	to accumulate	人工智能
潛在	qiánzài	Vs-attr	hidden, potential, latent	人工智能
病因	bìngyīn	N	cause of disease, pathogen	人工智能
靠	kào	Prep	to depend on	人工智能
三角測量法	sānjiǎocèliángfǎ	N	triangulation (surveying)	數學與測量
畢氏定理	Bìshìdìnglǐ	N	Pythagorean Theorem	數學與測量
三角	sānjiǎo	N	triangle	數學與測量
定理	dìnglǐ	N	established theory, theorem (math.)	數學與測量
三角比	sānjiǎob	N	trigonometric ratio	數學與測量
直角	zhíjiǎo	N	a right angle	數學與測量
股	gǔ	N	leg (of a right triangle)	數學與測量
平方	píngfāng	N	square (as in square meter, square foot, square mile, square root)	數學與測量
和	hé	N	sum, summation	數學與測量
等於	děngyú	Vst	to equal, to be tantamount to	數學與測量
斜邊	xiébiān	N	sloping side, hypotenuse (of a right-angled triangle)	數學與測量
公式	gōngshì	N	formula, equation	數學與測量
令……為……	lìng...wéi...	Ph	let...be... (mathematics)	數學與測量
鉛直線	qiānzhíxiàn	N	vertical line	數學與測量

水平線	shuǐpíngxiàn	N	horizontal line	數學與測量
垂直	chuízhí	Vs	perpendicular, vertical	數學與測量
直線	zhíxiàn	N	straight line	數學與測量
仰角	yǎngjiǎo	N	elevation line	數學與測量
夾角	jiájiǎo	N	angle (between two intersecting lines)	數學與測量
令	lìng	V	to let (mathematics)	數學與測量
斜率	xiélǜ	N	slope (mathematics)	數學與測量
底	dǐ	N	base (of a triangle), bottom (mathematics)	數學與測量
垂直線	chuízhíxiàn	N	vertical line	數學與測量
度	dù	N	degree (angles, temperature, etc.)	數學與測量
根號	gēnhào	N	radical sign $\sqrt{}$ (mathematics)	數學與測量
乘	chéng	V	to multiply (mathematics)	數學與測量
乘以	chéngy	Ph	multiplied by	數學與測量
減	jiǎn	V	to minus, to subtract, to decrease, to reduce	數學與測量
已知	yǐzhī	V	to have known (science)	數學與測量
除	chú	V	to divide (mathematics)	數學與測量
除以	chúyǐ	Ph	divided by	數學與測量
玉山	Yù Shān	N	Mount Yu, the highest mountain in Taiwan (3952 m)	數學與測量
百岳	bǎiyuè	N	Top 100 mountains	數學與測量
彰化	Zhānghuà	N	Zhanghua or Changhua city and county in west Taiwan	數學與測量
八卦山	Bāguà Shān	N	Bagua Mountain (in Taiwan)	數學與測量
登山社	dēngshānshè	N	mountaineering club	數學與測量
登山	dēngshān	V-sep	to mountaineer	數學與測量

熱門	rèmén	Vs	popular, hot	數學與測量
期間	qíjiān	N	period of time	數學與測量
主峰	zhǔfēng	N	main peak (of a mountain range)	數學與測量
高度	gāodù	N	height, altitude	數學與測量
以上	yǐshàng	Ph	more than, above, over	數學與測量
測量	cèliáng	V	to measure	數學與測量
包括	bāokuò	V	to include	數學與測量
衛星	wèixīng	N	satellite	數學與測量
目前	mùqián	N	at the present, now	數學與測量
簡單	jiǎndān	Vs	simple, easy	數學與測量
氣壓	qìyā	N	atmospheric pressure, barometric pressure	數學與測量
溫度	wēndù	N	temperature	數學與測量
等等	děngděng	Ph	et cetera, and so on	數學與測量
準確	zhǔnquè	Vs	accurate	數學與測量
精確	jīngquè	Vs	accurate, precise	數學與測量
三角形	sānjiǎoxíng	N	triangle	數學與測量
向	xiàng	Prep	to, towards	數學與測量
視線	shìxiàn	N	sight	數學與測量
之間	zhījiān	N	between, among	數學與測量
山頂	shāndǐng	N	hilltop	數學與測量
地面	dìmiàn	N	ground	數學與測量
任何	rènhé	Det	any, whichever	數學與測量
不同	bùtóng	Vs	different	數學與測量
位置	wèizhì	N	position	數學與測量
測	cè	V	to measure	數學與測量

厲害	lìhài	Vs	awesome	數學與測量
舉一反三	jǔyī fǎnsān	IE	to deduce many things from one case	數學與測量
大約	dàyuē	Adv	approximately, probably	數學與測量
建築物	jiànzhúwù	N	building	數學與測量
基因改造食品	jīyīn gǎizào shípǐn	N	genetically modified food, GMF	基改食品
基因改造	jīyīn gǎizào	N	genetic modification	基改食品
基改	jīgǎi	N	short for 基因改造	基改食品
基因	jīyīn	N	gnen	基改食品
改造	gǎizào	V	to transform, to reform, to remold	基改食品
生物體	shēngwùtǐ	N	organism	基改食品
生物	shēngwù	N	organism, living thing, creature	基改食品
基因工程	jīyīn gōngchéng	N	short for 基因改造工程 , genetic engineering	基改食品
工程	gōngchéng	N	engineering, an engineering project, project, undertaking	基改食品
分子生物	fēnzǐ shēngwù	N	molecular biology	基改食品
分子	fēnzǐ	N	molecules	基改食品
遺傳物質	yíchuán wùzhí	N	genetic material	基改食品
遺傳	yíchuán	Vst	to inherit, to transmit	基改食品
物質	wùzhí	N	material	基改食品
轉殖	zhuǎn zhí	V	to transfer	基改食品
微生物	wéi shēngwù	N	microorganism	基改食品
基改作物	jīgǎi zuòwù	N	genetically modified crops	基改食品
作物	zuòwù	N	crop	基改食品
大豆	dàdòu	N	soybean	基改食品

棉花	miánhuā	N	cotton	基改食品
油菜	yóucài	N	rape (plant)	基改食品
世界衛生組織	Shìjiè Wèishēng Zǔzhī	N	World Health Organization	基改食品
無聊	wúliáo	Vs	silly, boring, to be bored	基改食品
嚇死	xià sǐ	IE	be scared to death, freak out	基改食品
出神	chūshén	Vs	engrossed, be spellbound	基改食品
發現	fāxiàn	Vpt	to discover	基改食品
豆漿	dòujiāng	N	soy milk	基改食品
成分	chéngfèn	N	ingredient	基改食品
非	fēi	Vs-attr	non-	基改食品
食品	shípǐn	N	food, foodstuff	基改食品
通過	tōngguò	Vpt	to pass	基改食品
安全	ānquán	N/Vs	safety; safe	基改食品
評估	pínggū	N/V	assessment; to assess	基改食品
核准	hézhǔn	V/N	to approve; approval	基改食品
上市	shàngshì	Vp-sep	to put on the market	基改食品
喜好	xǐhào	N	preference	基改食品
專業	zhuānyè	N/Vs-attr	specialized field; professional	基改食品
專家	zhuānjiā	N	expert	基改食品
筆記	bǐjì	N	notes	基改食品
女王	nǚwáng	N	queen	基改食品
演講	yǎnjiǎng	N	lecture	基改食品
細節	xìjié	N	detail	基改食品
記	jì	V	to take (notes), to write down	基改食品

功力	gōnglì	N	[here] skills, efficacy, competence	基改食品
一流	yīliú	Vs-attr	excellent	基改食品
技術	jìshù	N	technology, technique, skills	基改食品
造成	zàochéng	Vpt	to bring about, to cause	基改食品
改變	gǎibiàn	N/V	change	基改食品
交配	jiāopèi	N	mating	基改食品
重組	chóngzǔ	V	to reorganize	基改食品
內	nèi	N	inside, within, inner, in	基改食品
產生	chǎnshēng	Vpt	to create, to produce, to arise, to cause	基改食品
現象	xiànxiàng	N	phenomenon	基改食品
人為	rénwéi	Vs-attr	man-made	基改食品
利用	lìyòng	V	[formal] to use	基改食品
製造	zhìzào	V	to manufacture, to make	基改食品
簡稱	jiǎnchēng	Vst	to abbreviate	基改食品
為	wéi	Vst	to be as	基改食品
衍生	yǎnshēng	Vpt	to derive	基改食品
植物	zhíwù	N	plant	基改食品
目前	mùqián	N	at the present, now	基改食品
實在	shízài	Adv	really	基改食品
疑慮	yílǜ	N	concern	基改食品
主要	zhǔyào	Adv/Vs-attr	mainly; main	基改食品
引起	yǐnqǐ	Vpt	to cause	基改食品
注意	zhùyì	Vst	to pay attention	基改食品
面積	miànjī	N	area (of a floor, piece of land etc)	基改食品

其中	qí zhōng	Det	among	基改食品
種植	zhòngzhí	V	to plant	基改食品
比例	bǐlì	N	proportion, ratio	基改食品
濃湯	nóngtāng	N	thick soup	基改食品
包裝	bāozhuāng	N	package	基改食品
標示	biāoshì	V	to mark, to label	基改食品
規定	guīdìng	N/Vpt	regulation	基改食品
各	gè	Det	each, every	基改食品
最終	zuìzhōng	Vs-attr/ Adv	final	基改食品
產品	chǎnpǐn	N	product	基改食品
含有	hányǒu	Vst	to contain	基改食品
超過	chāoguò	Vpt	to exceed	基改食品
說明	shuōmíng	N/V	explanation; explain	基改食品
全球	quánqiú	N/Vs-attr	globe; global	基改食品
訂	dìng	V	to draw up, to book	基改食品
檢驗	jiǎnyàn	V/N	to test; test	基改食品
標準	biāozhǔn	N	standards	基改食品
認為	rènwéi	Vst	to think, to believe, in one's opinion	基改食品
人體	réntǐ	N	human body	基改食品
危害	wéihài	N/V	harm; to harm	基改食品
背下來	bèixiàlái	Ph	to memorize	基改食品
答對	dáduì	Ph	Bingo, get the answer right	基改食品
記憶	jìyì	V/N	to memorize; memory	基改食品
高手	gāoshǒu	N	ace, hotshot, master hand, expert	基改食品

供	gōng	V	to offer, 可供：available to sb for sth	基改食品
選擇	xuǎnzé	V/N	to choose	基改食品
接受	jiēshòu	V	to accept	基改食品
市場	shìchǎng	N	market	市場行銷學
行銷	xíngxiāo	N/V	marketing; to sell	市場行銷學
銷售	xiāoshòu	V	to sell	市場行銷學
社群網站	shè qún wǎngzhàn	N	social network	市場行銷學
實體	shítǐ	N	entity	市場行銷學
品牌	pǐnpái	N	brand	市場行銷學
虛實通路	xūshí tōnglù	N	online and offline channels, virtual and real pathway	市場行銷學
通路	tōnglù	N	[here] channel, path	市場行銷學
消費者	xiāofèizhě	N	consumer	市場行銷學
上市	shàngshì	Vp-sep	to appear on the market	市場行銷學
促銷	cùxiāo	N/V	promotion, to launch a promotional campaign	市場行銷學
繼續	jìxù	V	to keep on	市場行銷學
實務	shíwù	N	practice	市場行銷學
累積	lěijī	V	to accumulate	市場行銷學
推銷	tuīxiāo	V	to promote sales	市場行銷學
宣傳	xuānchuán	V	to promote, to publicize	市場行銷學
製造	zhìzào	V	to manufacture, to make	市場行銷學
研發	yánfā	V	to research and develop, R&D	市場行銷學
暢銷	chàngxiāo	Vs/V	best-selling, be in great demand, sell well	市場行銷學
系統	xìtǒng	N	system	市場行銷學

資訊	zīxùn	N	information	市場行銷學
時代	shídài	N	times, age, era	市場行銷學
單打獨鬥	dāndǎ dúdòu	IE	fight alone	市場行銷學
搜尋	sōuxún	V	to search	市場行銷學
評價	píngjià	N/V	evaluation; to evaluate	市場行銷學
數位	shùwèi	Vs-attr	digital	市場行銷學
重點	zhòngdiǎn	N	focal point	市場行銷學
如何	rúhé	Adv	how to	市場行銷學
口碑	kǒubēi	N	public praise	市場行銷學
整合	zhěnghé	V	to conform, to integrate	市場行銷學
良好	liánghǎo	Vs-attr	good	市場行銷學
體驗	tǐyàn	N/V	experience for oneself; to experience	市場行銷學
包括	bāokuò	Vst	include	市場行銷學
調查	diàochá	N/V	survey, investigation; to survey, to investigate	市場行銷學
主動	zhǔdòng	Vs	to take the initiative	市場行銷學
蒐集	sōují	V	collect	市場行銷學
顧客	gùkè	N	customer	市場行銷學
評論	pínglùn	N/V	commentary; to comment	市場行銷學
歸納	guīnà	Vpt	to generalize	市場行銷學
趨勢	qūshì	N	trend, tendency	市場行銷學
設計	shèjì	V	to design	市場行銷學
參與	cānyù	V	to participate	市場行銷學
唇膏	chúngāo	N	lipstick	市場行銷學
霧面	wùmiàn	N	matte	市場行銷學

偏	piān	Adv	indicates sth a little bit more..., like in color, reddish or bluish or greenish, or in taste, sweeter or bitter, etc.	市場行銷學
保濕	bǎoshī	Vi	moisturizing	市場行銷學
成分	chéngfèn	N	ingredient	市場行銷學
關鍵詞	guānjiàncí	N	key word	市場行銷學
透過	tòuguò	Prep	through	市場行銷學
吸引	xīyǐn	Vst	to attract	市場行銷學
長見識	zhǎng jiànshi	IE	increase one's knowledge	市場行銷學
學問	xuéwèn	N	knowledge	市場行銷學
教科書	jiàokēshū	N	textbook	市場行銷學
核心	héxīn	N	core, the heart of	市場行銷學
學者	xuézhě	N	scholar	市場行銷學
提出	tíchū	V	to put forward, to propose	市場行銷學
轉換	zhuǎnhuàn	V/N	to change, to switch, to convert, to transform	市場行銷學
立場	lìchǎng	N	position; standpoint	市場行銷學
理論	lǐlùn	N	theory	市場行銷學
價值	jiàzhí	N	value	市場行銷學
負擔	fùdān	N/V	burden; to bear a burden	市場行銷學
溝通	gōutōng	N/V	communication; to communicate	市場行銷學

拼音排序（Sorted by Pinyin）

生詞	拼音	詞性	英譯	單元名稱
安全	ānquán	N	safety	再生能源
安全	ānquán	N/Vs	safety; safe	基改食品
安裝	ānzhuāng	V	to install	應用軟體
八卦山	Bāguà Shān	N	Bagua Mountain, Taiwan	數學與測量
拜拜	bàibai	Vi	(Taiwan and Southern Fujian) religious ceremony in which offerings are made to a deity	機率與統計
百分之	bǎifēnzhī	Ph	percent	機率與統計
白馬王子	báimǎwángzǐ	N	Prince Charming	機率與統計
百萬瓦	bǎiwàn wǎ	N	megawatt (MW)	再生能源
百岳	bǎiyuè	N	Top 100 mountains	數學與測量
版	bǎn	N	edition; version	應用軟體
包括	bāokuò	V	to include	數學與測量、市場行銷學
保濕	bǎoshī	Vi	moisturizing	市場行銷學
包裝	bāozhuāng	N	package	基改食品
背下來	bèixiàlái	Ph	to memorize	基改食品
編	biān	V	to compile	應用軟體
辨識	biànshì	V/N	to identify, to recognize; recognition	人工智能
編寫	biānxiě	V	to compile	應用軟體
編譯器	biānyìqì	N	compiler	應用軟體
表面	biǎomiàn	N	surface, appearance	3D 列印
標示	biāoshì	V	to mark, to label	基改食品
標準	biāozhǔn	N	standards	基改食品

筆記	bǐjì	N	notes	基改食品
比例	bǐlì	N	proportion, ratio	基改食品
病因	bìngyīn	N	cause of disease, pathogen	人工智能
畢氏定理	Bìshìdìnglǐ	N	Pythagorean Theorem	數學與測量
必須	bìxū	Vaux	have to, be obliged to	人工智能
薄層	bócéng	N	thin layer, thin slice, film, lamina, lamella	3D 列印
播放器	bòfàngqì	N	(multimedia) player	應用軟體
不可思議	bùkěsīyì	IE	inconceivable, unimaginable, unfathomable	人工智能
不同	bùtóng	Vs	different	數學與測量
布置	bùzhì	V	to arrange, to decorate	應用軟體
步驟	bùzòu	N	procedure, step	應用軟體、人工智能
材料	cáiliào	N	material	3D 列印
參與	cānyù	V	to participate	市場行銷學
測	cè	V	to measure	數學與測量
測量	cèliáng	V	to measure	數學與測量
測驗	cèyàn	N/V	test; to test	應用軟體
長度	chángdù	N	length	再生能源
暢銷	chàngxiāo	Vs/V	best-selling, be in great demand, sell well	市場行銷學
產品	chǎnpǐn	N	product	基改食品
產生	chǎnshēng	Vpt	to create, to produce, to arise, to cause	3D 列印、再生能源、基改食品
產業	chǎnyè	N	industry	人工智能

超過	chāoguò	Vpt	exceed	機率與統計、再生能源、基改食品
乘	chéng	V	to multiply (mathematics)	數學與測量
成本	chéngběn	N	costs	3D 列印
成分	chéngfèn	N	ingredient	基改食品、市場行銷學
成功率	chénggōnglù	N	success rate; achievement ratio	3D 列印
成品	chéngpǐn	N	finished product	3D 列印
程式	chéngshì	N	program	應用軟體
程式錯誤	chéngshì cuòwù	N	bug	應用軟體
程式語言	chéngshì yǔyán	N	programming language	應用軟體
乘以	chéngy	Ph	multiplied by	數學與測量
重組	chóngzǔ	V	to reorganize	基改食品
除	chú	V	to divide (mathematics)	數學與測量
除錯	chú cuò	V-sep	to debug	應用軟體
傳說	chuánshuō	V/N	it is said, they say that, legend, folklore	機率與統計
傳送	chuánsòng	V	to convey, to deliver	3D 列印
儲存	chǔcún	V	to store	人工智能
吹	chuī	V	to blow	再生能源
垂直	chuízhí	Vs	perpendicular, vertical	數學與測量
垂直線	chuízhíxiàn	N	vertical line	數學與測量
唇膏	chúngāo	N	lipstick	市場行銷學
出神	chūshén	Vs	engrossed, be spellbound	基改食品
除以	chúyǐ	Ph	divided by	數學與測量
從事	cóngshì	Vst	[formal] to do, to go for, to engage in, to undertake	機率與統計

錯誤	cuòwù	N	error, mistake	3D 列印、應用軟體
促銷	cùxiāo	N/V	promotion; to launch a promotional campaign	市場行銷學
大豆	dàdòu	N	soybean	基改食品
答對	dáduì	IE	Bingo, get the answer right	基改食品
代表性	dàibiǎoxìng	N	representativeness	人工智能
單打獨鬥	dāndǎ dúdòu	IE	fight alone	市場行銷學
導致	dǎozhì	Vst	to lead to, to bring about	再生能源
大數據	dàshùjù	N	big data	人工智能
大約	dàyuē	Adv	approximately, probably	數學與測量、機率與統計
登山	dēngshān	V-sep	to mountaineer	數學與測量
登山社	dēngshānshè	N	mountaineering club	數學與測量
等於	děngyú	Vst	to equal, to be tantamount to	數學與測量
等等	děngděng	Ph	et cetera, and so on	數學與測量
底	dǐ	N	base (of a triangle), bottom (mathematics)	數學與測量
電廠	diànchǎng	N	electric power plant	再生能源
調查	diàochá	N/V	survey, investigation; to survey, to investigate	市場行銷學
第二次世界大戰	Dì-èr Cì Shìjiè Dàzhàn	N	World War II	人工智能
迪化街	Díhuà Jiē	N	a street in Taipei City	機率與統計
地面	dìmiàn	N	ground	數學與測量
訂	dìng	V	to draw up, to book	基改食品
定理	dìnglǐ	N	established theory, theorem (math.)	數學與測量
的確	díquè	Adv	really, indeed	再生能源

動手術	dòng shǒushù	Ph	to be operated, to have an operation, 手術：(surgical) operation, surgery	3D 列印
豆漿	dòujiāng	N	soy milk	基改食品
度	dù	N	degree (angles, temperature, etc.)	數學與測量
對象	duìxiàng	N	marriage partner, boyfriend, girlfriend, target	機率與統計
二氧化碳	èryǎnghuàtàn	N	carbon dioxide, CO_2	再生能源
發電	fā diàn	N	to generate electricity	再生能源
發電機	fādiànjī	N	electricity generator, dynamo	再生能源
發電量	fādiànliàng	N	(generated) electrical energy	再生能源
發動機	fādòngjī	N	engine, motor	再生能源
發現	fāxiàn	Vpt	to discover	基改食品
發展	fāzhǎn	V	to develop	再生能源
方式	fāngshì	N	way, method, manner	機率與統計、3D 列印、再生能源
防毒軟體	fángdú ruǎntǐ	N	antivirus software	應用軟體
非	fēi	Vs-attr	non-	機率與統計、基改食品
分層	fēncéng	N	lamination, layering, stratification, delamination	3D 列印
分析	fēnxī	N/V	analysis; to analyze	機率與統計、人工智能
分子	fēnzǐ	N	molecules	基改食品
分子生物	fēnzǐ shēngwù	N	molecular biology	基改食品
風場	fēngchǎng	N	wind field	再生能源
風車	fēngchē	N	pinwheel, windmill	再生能源
風力	fēnglì	N	wind power	再生能源
風能	fēngnéng	N	wind power	再生能源

風速	fēngsù	N	wind speed	再生能源
負擔	fùdān	N/V	burden; to bear a burden	市場行銷學
夫婦	fūfù	N	husband and wife, married couple	機率與統計
輻射	fúshè	N	radiation	再生能源
服務業	fúwùyè	N	service industry	機率與統計
複雜	fùzá	Vs	complicated	3D 列印
蓋	gài	V	to build	再生能源
改變	gǎibiàn	N/V	change	基改食品
改善	gǎishàn	Vp	to improve	3D 列印
改造	gǎizào	V	to transform, to reform, to remold	基改食品
高度	gāodù	N	height, altitude	數學與測量
高手	gāoshǒu	N	ace, hotshot, master hand, expert	基改食品
各	gè	Det	each, every	基改食品
根號	gēnhào	N	radical sign $\sqrt{}$ (mathematics)	數學與測量
根據	gēnjù	Prep	according to, based on	人工智能
個數	gèshù	N	cardinality	機率與統計
個性	gèxìng	N	personality	機率與統計
供	gōng	V	to offer, available to sb for sth	基改食品
工程	gōngchéng	N	engineering, an engineering project, project, undertaking	3D 列印、基改食品
功力	gōnglì	N	skills, efficacy, competence	基改食品
公式	gōngshì	N	formula, equation	數學與測量
溝通	gōutōng	N/V	communication; to communicate	市場行銷學
購物	gòuwù	Vi/N	to shop; shopping	人工智能
股	gǔ	N	leg (of a right triangle)	數學與測量
顧客	gùkè	N	customer	市場行銷學

官方	guānfāng	Vs-attr	official (approved or issued by an authority)	機率與統計、應用軟體
光	guāng	Adv	only, merely	3D 列印
光	guāng	N	light	再生能源
關鍵詞	guānjiàncí	N	key word	市場行銷學
管理	guǎnlǐ	V/N	to supervise, to manage, to administer, management, administration	人工智能
規定	guīdìng	N/Vpt	regulation	基改食品
規則	guīzé	N	rule, regulation	人工智能
歸納	guīnà	Vpt	to generalize	市場行銷學
過程	guòchéng	N	process	應用軟體、3D 列印、再生能源
含有	hányǒu	Vst	to contain	基改食品
和	hé	N	sum, summation	數學與測量
核廢料	héfèiliào	N	nuclear waste	再生能源
核能	hénéng	N	nuclear energy	再生能源
核四	Hésì	N	Fourth Nuclear Power Plant near New Taipei City 新北市 [Xīnběishì], Taiwan, also called Lungmen Nuclear Power Plant	再生能源
核心	héxīn	N	core, the heart of	市場行銷學
核准	hézhǔn	V/N	to approve; approval	基改食品
還願	huányuàn	Vp-sep	to redeem a vow (to a deity)	機率與統計
化石燃料	huàshíránliào	N	fossil fuel	再生能源
話題	huàtí	N	subject (of a talk or conversation); topic	再生能源
火力	huǒlì	N	firepower	再生能源

呼吸	hūxī	V/N	to breathe; breathing	3D 列印
及	jí	Conj	and	再生能源
記	jì	V	to take (notes), to write down	基改食品
夾角	jiájiǎo	N	angle (between two intersecting lines)	數學與測量
減	jiǎn	V	to minus, to subtract, to decrease, to reduce	數學與測量
檢查	jiǎnchá	V	to examine, to inspect	應用軟體、3D 列印
檢驗	jiǎnyàn	V/N	to test; test	基改食品
簡稱	jiǎnchēng	Vst/N	to abbreviate (to refer to something in short)	人工智能、基改食品
簡單	jiǎndān	Vs	simple, easy	數學與測量
建立	jiànlì	V	to establish, to set up, to create (a database)	3D 列印、再生能源、人工智能
建模	jiàn mó	V-sep	modeling	3D 列印
建築物	jiànzhúwù	N	building	數學與測量
教科書	jiàokēshū	N	textbook	市場行銷學
交配	jiāopèi	N	mating	基改食品
加熱	jiārè	V	to heat	3D 列印
駕駛	jiàshǐ	V/N	to drive, to pilot (ship, airplane etc); driver	人工智能
價值	jiàzhí	N	value	人工智能、市場行銷學
積層製造	jīcéng zhìzào	N	Laminated manufacturing, LM	3D 列印
極端	jíduān	Vs	extreme	機率與統計
結果	jiéguǒ	N	a result, an outcome, an effect	應用軟體
結婚	jiéhūn	Vp-sep	to marry, to get married	機率與統計

接受	jiēshòu	V	to accept	基改食品
藉由	jièyóu	Adv	by means of, through, by	再生能源
季風	jìfēng	N	monsoon	再生能源
基改	jīgǎi	N	short for 基因改造	基改食品
基改作物	jīgǎi zuòwù	N	genetically modified crops	基改食品
記錄	jìlù	V/N	to record; record (written account)	人工智能
機率	jīlù	N	probability, odds (common in Taiwan)	機率與統計
精確	jīngquè	Vs	accurate, precise	數學與測量
精準	jīngzhǔn	Vs	accurate, exact, precise	人工智能
機器	jīqì	N	machine	應用軟體
機器人	jīqìrén	N	robot	人工智能
機組	jīzǔ	N	unit (apparatus)	再生能源
技術	jìshù	N	technology, technique, skills	3D 列印、基改食品
奇數	jīshù	N	odd number	機率與統計
計算	jìsuàn	V	to count, to calculate, to compute	機率與統計
繼續	jìxù	V	to keep on	市場行銷學
記憶	jìyì	V/N	to memorize, memory	基改食品
基因	jīyīn	N	gnen	基改食品
基因改造	jīyīn gǎizào	N	genetic modification	基改食品
基因改造食品	jīyīn gǎizào shípǐn	N	genetically modified food, GMF	基改食品
基因工程	jīyīn gōngchéng	N	short for 基因改造工程 , genetic engineering	基改食品
舉一反三	jǔyī fǎnsān	IE	to deduce many things from one case	數學與測量
具有	jùyǒu	Vst	possess, have, be provided with	人工智能

卡	kǎ	N	card; 字卡：words flash cards	應用軟體
開發	kāifā	V	to exploit (a resource)	再生能源
開放	kāifàng	V	to open	機率與統計
靠	kào	Prep	to depend on	人工智能
可靠	kěkào	Vs	reliable	再生能源
可能性	kěnéngxìng	N	possibility, probability	再生能源
科學家	kēxuéjiā	N	scientist	人工智能
口碑	kǒubēi	N	public praise	市場行銷學
來自	láizì	Vpt	to come from (a place)	再生能源
累積	lěijī	V	to accumulate	人工智能、市場行銷學
類神經網絡	lèishénjīng wǎngluò	N	neural network (artificial or biological)	人工智能
類型	lèixíng	N	type, category, genre, form, style	人工智能
離岸風電	lí'àn fēngdiàn	N	offshore wind power	再生能源
良好	liánghǎo	Vs-attr	good	市場行銷學
連接	liánjiē	Vpt	to link, to connect	3D 列印
立場	lìchǎng	N	position; standpoint	市場行銷學
列印	lièyìn	V	to print out (Tw)	3D 列印
厲害	lìhài	Vs	awesome	數學與測量
理論	lǐlùn	N	theory	市場行銷學
令⋯⋯為⋯⋯	lìng/shè...wéi...	Ph	let...be... (mathematics)	數學與測量
領域	lǐngyù	N	domain, sphere, field, territory, area	3D 列印
瀏覽器	liúlǎnqì	N	browser (software)	應用軟體
理想	lǐxiǎng	Vs	ideal, perfect	機率與統計

利用	lìyòng	V	to use, to utilize	3D 列印、基改食品
邏輯	luójí	N	logic	人工智能
旅遊	lǚyóu	N/Vi	travel; to travel	機率與統計
煤	méi	N	coal	再生能源
面板	miànbǎn	N	faceplate, breadboard	再生能源
面積	miànjī	N	area (of a floor, piece of land etc)	再生能源、基改食品
棉花	miánhuā	N	cotton	基改食品
模擬	mónǐ	V	to simulate, to imitate	3D 列印
某	mǒu	Det	some, certain	應用軟體
模型	móxíng	N	model, mold	3D 列印
目的	mùdì	N	purpose, aim, goal	應用軟體
目前	mùqián	N	at the present, now	數學與測量、基改食品
耐心	nàixīn	N	patience	應用軟體
內	nèi	N	inside, within, inner, in	基改食品
能力	nénglì	N	capability, ability	應用軟體
濃湯	nóngtāng	N	thick soup	基改食品
女王	nǚwáng	N	queen	基改食品
偶數	ǒushù	N	even number	機率與統計
排放量	páifàngliàng	N	emissions	再生能源
排列	páiliè	V	to array, to arrange, to range	機率與統計
排序	páixù	V-sep	to sort, to arrange in order	機率與統計
判斷	pànduàn	V	to judge, to determine	人工智能
噴嘴	pēnzuǐ	N	nozzle	3D 列印

偏	piān	Adv	indicates sth a little bit more..., like in color, reddish or bluish or greenish, or in taste, sweeter or bitter, etc.	市場行銷學
偏好	piānhào	N/V	preference; to prefer	人工智能
憑	píng	Prep	to rely on, on the basis of	人工智能
平方	píngfāng	N	square (as in square meter, square foot, square mile, square root)	數學與測量
評估	pínggū	N/V	assessment; to assess	基改食品
評價	píngjià	N/V	evaluation; to evaluate	市場行銷學
平均	píngjūn	Vs	average	機率與統計
平均數	píngjūnzhí	N	average, mean	機率與統計
評論	pínglùn	N/V	commentary; to comment	市場行銷學
品牌	pǐnpái	N	brand	市場行銷學
普遍	pǔbiàn	Vs	universal, general, widespread, common	人工智能
普及	pǔjí	Vs	to popularize, popular, universal, ubiquitous	應用軟體
其中	qí zhōng	Det	among	基改食品
牽紅線	qiān hóngxiàn	N	to play Cupid for, set sb. up with	機率與統計
潛在	qiánzài	Vs-attr	hidden, potential, latent	人工智能
鉛直線	qiānzhíxiàn	N	vertical line	數學與測量
切片軟體	qiēpiàn ruǎntǐ	N	slicer	3D 列印
期間	qíjiān	N	period of time	人工智能、數學與測量
氣壓	qìyā	N	atmospheric pressure, barometric pressure	數學與測量
取餐	qǔ cān	VO	to take meal (in a resturant)	人工智能
全名	quánmíng	N	full name	應用軟體

全球	quánqiú	N/Vs-attr	globe; global	基改食品
全球暖化	quánqiú nuǎnhuà	N	global warming	再生能源
取得	qǔdé	Vp	to get, to obtain	再生能源
缺點	quēdiǎn	N	weak point, disadvantage	再生能源
群	qún	M	group, crowd	機率與統計
趨勢	qūshì	N	trend, tendency	市場行銷學
燃燒	ránshāo	V	to ignite, to combust, to burn	再生能源
熱門	rèmén	Vs	popular, hot	數學與測量
熱塑性塑膠	rèsùxìng sùjiāo	N	thermoplastic	3D 列印
人工智能	réngōng zhìnéng	N	artificial intelligence	人工智能
人臉辨識	rénliǎn biànshì	N	face recognition	人工智能
人士	rénshì	N	person, figure	3D 列印
人體	réntǐ	N	human body	基改食品
人為	rénwéi	Vs-attr	man-made	基改食品
任何	rènhé	Det	any	3D 列印
任何	rènhé	Det	any, whichever	數學與測量
認為	rènwéi	Vst	to think, to believe, in one's opinion	基改食品
認真	rènzhēn	Vs	conscientious, earnest, serious	再生能源
容量	róngliàng	N	capacity, volume, quantitative (science)	應用軟體
熔融沉積成型	róngróng chénjī chéng xíng	N	fused deposition modeling, FDM	3D 列印
軟體	ruǎntǐ	N	software	應用軟體、3D 列印
如何	rúhé	Adv	how to	市場行銷學

三角	sānjiǎo	N	triangle	數學與測量
三角比	sānjiǎob	N	trigonometric ratio	數學與測量
三角測量法	sānjiǎocèliángfǎ	N	triangulation (surveying)	數學與測量
三角形	sānjiǎoxíng	N	triangle	數學與測量
三維	sānwéi	N	three dimension, 3D	3D 列印
掃描器	sǎomiáoqì	N	scanner	3D 列印
山頂	shāndǐng	N	hilltop	數學與測量
上市	shàngshì	Vp-sep	to put on the market	基改食品
上市	shàngshì	Vp-sep	to appear on the market	市場行銷學
社群網站	shè qún wǎngzhàn	N	social network	市場行銷學
設備	shèbèi	N	equipment, facilities, installations	再生能源
設計	shèjì	V/N	to design; design	應用軟體、3D 列印、市場行銷學
設計師	shèjìshī	N	programmer, designer	應用軟體
神	shén	Vs	(slang) awesome, amazing	人工智能
省電	shěng diàn	Vp-sep	to save electricity	再生能源
身高	shēngāo	N	(a person's) height	機率與統計
生物	shēngwù	N	organism, living thing, creature	基改食品
生物科技	shēngwù kējì	N	biotechnology	人工智能
生物體	shēngwùtǐ	N	organism	基改食品
身障	shēnzhàng	Vs-attr	handicapped	3D 列印
市場	shìchǎng	N	market	市場行銷學
時代	shídài	N	times, age, era	市場行銷學

世界衛生組織	Shìjiè Wèishēng Zǔzhī	N	World Health Organization	基改食品
食品	shípǐn	N	food, foodstuff	基改食品
失去	shīqù	Vpt	to lose	3D 列印
實體	shítǐ	N	entity	市場行銷學
實務	shíwù	N	practice	市場行銷學
實現	shíxiàn	V	(a desire) to realize, (a dream) to come true	機率與統計
實驗	shíyàn	N	experiment	應用軟體
實在	shízài	Adv	really	基改食品
視線	shìxiàn	N	sight	數學與測量
受到	shòudào	Vpt	a passive Marker, 受到……的影響, to be influenced by, affected by	機率與統計
收入	shōurù	N	income, revenue	機率與統計
首先	shǒuxiān	Adv	first (of all)	3D 列印、人工智能
手掌	shǒuzhǎng	N	palm	3D 列印
手術	shǒushù	N	(surgical) operation; surgery	人工智能
輸出	shūchū	V	to output	3D 列印、人工智能
輸入	shūrù	V	to input	應用軟體、人工智能
輸送	shūsòng	V	to transport, to convey	3D 列印
水力發電	shuǐlìfādiàn	N	hydroelectricity	再生能源
水平線	shuǐpíngxiàn	N	horizontal line	數學與測量
數據	shùjù	N	data	機率與統計、人工智能
數位	shùwèi	Vs-attr	digital	市場行銷學
數學模型	shùxué móxíng	N	mathematical model	人工智能

數值	shùzhí	N	numerical value	機率與統計
順利	shùnlì	Vs	smooth, without a hitch	應用軟體
順序	shùnxù	N	sequence, order	機率與統計
說明	shuōmíng	N/V	explanation, explain	基改食品
鬆口氣	sōng kǒuqì	IE	[here] to relax, to feel relived	人工智能
蒐集	sōují	V	collect	市場行銷學
搜尋	sōuxún	V	to search	市場行銷學
算術	suànshù	N	arithmetic, mathematics (as a primary school subject)	機率與統計
算術平均數	suànshù píngjūnshù	N	arithmetic average, arithmetic mean	機率與統計
太陽能	tàiyángnéng	N	solar energy	再生能源
碳	tàn	N	carbon (chemistry)	再生能源
陶瓷	táocí	N	ceramics	3D 列印
特徵抽取	tèzhēng chōuqǔ	N	feature extraction	人工智能
條件	tiáojiàn	N	condition, circumstances	再生能源
提出	tíchū	V	to put forward, to propose	市場行銷學
體驗	tǐyàn	N/V	experience for oneself; to experience	市場行銷學
通稱	tōngchēng	Vpt	to be generally called as	應用軟體
通過	tōngguò	Vpt	to pass	基改食品
通路	tōnglù	N	[here] channel, path	市場行銷學
統計	tǒngjì	V/N	to count, to add up; statistics	人工智能、機率與統計
同類	tónglèi	N	same type, same kind	機率與統計
透過	tòuguò	Prep	through, via	再生能源、市場行銷學

投資	tóuzī	N/V	investment; to invest	再生能源、人工智能
團隊	tuánduì	N	team	3D 列印
土地	tǔdì	N	land	再生能源
推銷	tuīxiāo	V	to promote sales	市場行銷學
瓦	wǎ	N	watt, abbr. for 瓦特	再生能源
完成	wánchéng	Vpt	to complete, to accomplish	3D 列印
網頁	wǎngyè	N	web page	應用軟體
為	wéi	Vst	to be as	基改食品
微生物	wéi shēngwù	N	microorganism	基改食品
危害	wéihài	N/V	harm; to harm	基改食品
為難	wéinán	Vst	put someone in an awkward position	機率與統計
衛星	wèixīng	N	satellite	數學與測量
位置	wèizhì	N	position	數學與測量
穩定	wěndìng	Vs	steady, stable	再生能源
溫度	wēndù	N	temperature	數學與測量
溫柔	wēnróu	Vs	gentle and soft, tender	機率與統計
溫馨	wēnxīn	Vs	heartwarming, lovely	應用軟體
文青	wénqīng	N	hipster	應用軟體
屋頂	wūdǐng	N	roof	再生能源
無聊	wúliáo	Vs	boring, be bored	基改食品
霧面	wùmiàn	N	matte	市場行銷學
汙染	wūrǎn	N	pollution	再生能源
無人	wúrén	Vs-attr	unmanned	人工智能
物體	wùtǐ	N	object, body, substance	3D 列印
物質	wùzhí	N	material	基改食品

嚇死	xià sǐ	IE	be scared to death, freak out	基改食品
霞海城隍廟	Xiáhǎi Chénghuáng miào	N	Taipei Xia-Hai City God Temple	機率與統計
向	xiàng	Prep	to, towards	數學與測量
橡膠	xiàngjiāo	N	rubber, caoutchouc	3D 列印
香客	xiāngkè	N	pilgrim	機率與統計
先天	xiāntiān	Vs-attr	inborn, innate, natural	3D 列印
現象	xiànxiàng	N	phenomenon	基改食品
消費	xiāofèi	N/V	consumption, to consume	人工智能
消費者	xiāofèizhě	N	consumer	市場行銷學
銷售	xiāoshòu	V	to sell	市場行銷學
斜邊	xiébiān	N	hypotenuse, sloping side	數學與測量
斜率	xiélǜ	N	slope (mathematics)	數學與測量
喜好	xǐhào	N	preference	基改食品
細節	xìjié	N	detail	基改食品
系列	xìliè	N	series	3D 列印
行銷	xíngxiāo	N/V	marketing, to sell	市場行銷學
新婚	xīnhūn	Vs-attr	newly wed	機率與統計
薪水	xīnshuǐ	N	salary, wage	機率與統計
薪資	xīnzī	N	salary	機率與統計
心臟	xīnzàng	N	heart	3D 列印
系統	xìtǒng	N	system	市場行銷學
細心	xìxīn	N/Vs	circumspection; attentive	應用軟體
吸引	xīyǐn	Vst	to attract	市場行銷學
宣傳	xuānchuán	V	to promote, to publicize	市場行銷學

選擇	xuǎnzé	V	to choose	基改食品
學問	xuéwèn	N	knowledge	市場行銷學
學者	xuézhě	N	scholar	市場行銷學
虛實通路	xūshí tōnglù	N	online and offline channels, virtual and real pathway	市場行銷學
研發	yánfā	V	to research and develop, R&D	市場行銷學
仰角	yǎngjiǎo	N	elevation line	數學與測量
演講	yǎnjiǎng	N	lecture	基改食品
衍生	yǎnshēng	Vpt	to derive	基改食品
演算	yǎnsuàn	V	to compute, to calculate	人工智能
葉片	yèpiàn	N	blade (of propellor), vane	再生能源
遺傳	yíchuán	Vst	to inherit, to transmit	基改食品
遺傳物質	yíchuán wùzhí	N	genetic material	基改食品
醫療	yīliáo	N	medical care, medical treatment	3D 列印
一流	yīliú	Vs-attr	excellent	基改食品
疑慮	yílǜ	N	concern	基改食品
印	yìn	V	to print	3D 列印
印表機	yìnbiǎojī	N	printer	3D 列印
硬化	yìnghuà	Vp	to harden, to stiffen	3D 列印
影響	yǐngxiǎng	Vpt	to influence, to affect	3D 列印
應用	yìngyòng	V	to use, to apply	應用軟體、3D 列印、人工智能
應用程式	yìngyòng chéngshì	N	application, (computer) program	應用軟體
應用軟體	yìngyòng ruǎntǐ	N	application software	應用軟體
引起	yǐnqǐ	Vpt	to cause	基改食品

以上	yǐshàng	Ph	more than, above, over	數學與測量
一維	yìwéi	N	one-dimensional (math.)	人工智能
一系列	yí-xìliè	Vs-attr	a series of, a string of	3D 列印
醫學	yīxué	N	medicine, medical science, study of medicine	3D 列印
意義	yìyì	N	sense, meaning	機率與統計
義肢	yìzhī	N	artificial limb, prosthesis	3D 列印
已知	yǐzhī	V	to have known (science)	數學與測量
擁有	yǒngyǒu	Vst	to have, to possess	人工智能
有道理	yǒu dàolǐ	IE	to make sense, reasonable	再生能源
有一利必有一弊	yǒu yí lì bì yǒu yí bì	IE	There must be a pro and a con.	再生能源
有限	yǒuxiàn	Vs	limited, finite	機率與統計
油菜	yóucài	N	rape (plant)	基改食品
優點	yōudiǎn	N	advantage	再生能源
玉山	Yù Shān	N	Mount Yu, the highest mountain in Taiwan (3952 m)	數學與測量
原來如此	yuánlái rúcǐ	IE	So that is what [how] it is., I see.	應用軟體
原理	yuánlǐ	N	principle (physics), theory	再生能源
原始碼	yuánshǐmǎ	N	source code	應用軟體
願望	yuànwàng	N	desire, wish	機率與統計
閱讀	yuèdú	V/N	to read; reading	應用軟體
月下老人	yuèxiàlǎorén	N	a deity concerned with marriage in Chinese folk religion, matchmaker	機率與統計
月薪	yuèxīn	N	monthly income	機率與統計
運算	yùnsuàn	V/N	to calculate; (logical) operation	人工智能
預期	yùqí	V	to expect, to anticipate	應用軟體

語音	yǔyīn	N	voice	人工智能
再生	zàishēng	Vs-attr	to regenerate	再生能源
再生能源	zàishēng néngyuán	N	renewable energy	再生能源
造成	zàochéng	Vpt	to bring about, to cause	再生能源、基改食品
增材製造	zēngcái zhìzào	N	Additive Manufacturing, AM	3D 列印
長見識	zhǎng jiànshi	IE	increase one's knowledge	市場行銷學
彰化	Zhānghuà	N	Zhanghua or Changhua city and county in west Taiwan	數學與測量
戰爭	zhànzhēng	N	war	人工智能
兆	zhào	N	trillion	再生能源
正常	zhèngcháng	Vs	regular, normal, ordinary	3D 列印
整合	zhěnghé	V	to conform, to integrate	人工智能、市場行銷學
陣列	zhènliè	N	array	人工智能
智慧型	zhìhuìxíng	Vs-attr	smart, intelligent	應用軟體
之間	zhījiān	N	between, among	數學與測量
直角	zhíjiǎo	N	a right angle	數學與測量
直徑	zhíjìng	N	diameter	再生能源
直線	zhíxiàn	N	straight line	數學與測量
支氣管	zhīqìguǎn	N	bronchus	3D 列印
支氣管支架	zhīqìguǎn zhījià	N	bronchial stent	3D 列印
植物	zhíwù	N	plant	基改食品
執行	zhíxíng	V	to execute	應用軟體
執行檔	zhíxíng dǎng	N	executive file	應用軟體
支援	zhīyuán	V	to support	應用軟體

製造	zhìzào	V	to manufacture, to make	3D 列印、基改食品、市場行銷學
製作	zhìzuò	V/N	to make, to manufacture	3D 列印
重點	zhòngdiǎn	N	focal point	市場行銷學
中位數	zhōngwèishù	N	median	機率與統計
種植	zhòngzhí	V	to plant	基改食品
轉殖	zhuǎn zhí	V	to transfer	基改食品
轉動	zhuǎndòng	V	to turn sth around; to swivel	再生能源
轉換	zhuǎnhuàn	V	to change, to switch, to convert, to transform	應用軟體、3D 列印、再生能源、人工智能、市場行銷學
裝	zhuāng	V	pretend	應用軟體
壯觀	zhuàngguān	Vs	spectacular, magnificent sight	再生能源
專家	zhuānjiā	N	expert	基改食品
專屬	zhuānsh	Vs-attr	exclusive	應用軟體
專業	zhuānyè	N/Vs-attr	specialized field; professional	再生能源、基改食品
主動	zhǔdòng	Vs	to take the initiative	市場行銷學
主峰	zhǔfēng	N	main peak (of a mountain range)	數學與測量
主要	zhǔyào	Adv/Vs-attr	mainly; main	再生能源、基改食品
注意	zhùyì	Vst	to pay attention	基改食品
準確	zhǔnquè	Vs	accurate	數學與測量
資料	zīliào	N	data, information, profile (Internet)	機率與統計、人工智能
資料庫	zīliàokù	N	database	人工智能
仔細	zǐxì	Vs	careful, thoroughgoing	應用軟體

資訊	zīxùn	N	information	市場行銷學
最終	zuìzhōng	Vs-attr/ Adv	final	基改食品
做夢	zuòmèng	V-sep	to dream, to have a dream	機率與統計
作物	zuòwù	N	crop	基改食品
作業系統	zuòyè xìtǒng	N	operating system	應用軟體
組裝	zǔzhuāng	V	to assemble and install	3D 列印

語法索引（Grammar Index）

單元排序（Sorted by Chapters）

句型	拼音	英譯	單元名稱
別提了	bié tí le	say no more, don't bring it up, drop the subject	應用軟體
看來	kànlai	apparently, it seems that	
為了……而……	wèile...ér...	to do something for the purpose of	
比如	bǐrú	for example, for instance, such as	
至於	zhìyú	as for, as to, to go so far as to	
因為……的關係	yīnwèi...de guānxì	because of	
簡單地說	jiǎndān de shuō	to put it simply, simply put	
當……的時候	dāng...de shíhòu	at that time, at the time when	
既然	jìrán	since, as, this being the case	
光（是）N/V（O）就	guāngshì...jiù	solely, just	機率與統計
也就是說	yějiùshìshuō	in other words, that is to say, so, thus	
到底	dàodǐ	after all, to the end, to the last	
根據	gēnjù	according to, based on	
按照	ànzhào	according to, in accordance with, in the light of, on the basis of	
如果……則……	rúguǒ... zé...	if... then...	
……指的是……	...zhǐ de shì...	refer to	3D 列印
簡單地說	jiǎndān de shuō	to put it simply, simply put	
比如說	bǐrúshuō	for example, for instance, such as	
基本上	jīběn shàng	basically, on the whole	
……等等	...děngděng	...and so on	
以……來說	yǐ...láishuō	to use, by means of, according to, in order to, because of, at (a certain date or place), old variant of 以 [yǐ], old variant of 以 [yǐ]	
除此之外，……也／還……	chúcǐ zhīwài, ...yě / hái...	apart from this, in addition to this	

說到……	shuō dào...	speaking of, when it comes to this	3D 列印
……分之……	...fēn zhī...	(fraction)	
……跟……有關	...gēn...yǒu guān	...is related to...	再生能源
比如（說）	bǐrú (shuō)	for example, for instance, such as	
由於	yóuyú	due to, as a result of	
實際上	shíjìshàng	in fact, in reality, as a matter of fact, in practice	
並不／沒	bìngbù / méi	not at all, emphatically not	
……指的是……	zhǐ de shì	refer to	
把……V 成	bǎ...V chéng	turn...into...	
……分之……	...fēn zhī...	(fraction)	
甚至	shènzhì	even	
說起	shuōqǐ	to mention, to bring up (a subject), with regard to, as for	人工智能
為了	wèile	in order to	
以……為……	yǐ...wéi...	take...as...	
拜……所賜	bài...suǒsì	be thanks to...	
這樣一來	zhèyàng yì lái	thus, if this happens then	
比不上	bǐbúshàng	can't compare with	
卻	què	but, yet, however, while	
畢竟	bìjìng	after all, all in all, when all is said and done	
趁	chèn	to take advantage of, when	數學與測量
據……說	jù...shuō	it is said that, reportedly	
以上	yǐshàng	that level or higher, that amount or more	
不過	búguò	but, however	
除了……，還……	chúle..., hái...	besides, apart from (... also...), in addition to, except (for)	
所……的……	suǒ...de...	a construction to introduce something or somewhere people work on or with	
首先……，接著……	Shǒuxiān..., jiēzhe...	first (of all), in the first place	
……分之……	...fēn zhī...	(fraction)	

看來	kànlái	apparently, it seems that	
不知道要……才好	bù zhīdào yào...cái hǎo	don't (doesn't) know what to do	基改食品
就我所知	jiù wǒ suǒ zhī	as far as I know	
要……就看……	yào... jiù kàn...	which... depends on...	
可	kě	just (emphasis)	
話說回來	huàshuō huílái	Having said that, anyway	
到底	dàodǐ	after all, to the end, to the last	
從……V 起	cóng...V qǐ	start from	
簡單地說	jiǎndān de shuō	to put it simply, simply put	
因……而……	yīnwèi...ér...	because of	
由於	yóuyú	due to, as a result of	
將	jiāng	used to introduce the object before a verb, more formal than 把	
拿……來說	ná...lái shuō	take...for example	
……分之……	...fēn zhī...	(fraction)	
……指的是……	...zhǐ de shì...	refer to	市場行銷學
比方說	bǐfāng shuō	for example	
首先……然後……最後……	shǒuxiān...ránhòu...zuìhòu...	first..., then..., finally...	
畢竟	bìjìng	after all, all in all, when all is said and done	
所謂的……	suǒwèi de...	so-called	
拿……來說	ná...lái shuō	take...for example	
以……為……	yǐ...wéi ...	take...as...	
把……V 成……	bǎ...Vchéng	turn...into...	
對……而言	duì...éryán	with respect to	

拼音排序（Sorted by Pinyin）

句型	拼音	英譯	單元名稱
按照	ànzhào	according to, in accordance with, in the light of, on the basis of	機率與統計
把……V成……	bǎ...Vchéng	turn...into...	再生能源、市場行銷學
拜……所賜	bài...suǒsì	be thanks to...	人工智能
比不上	bǐbúshàng	can't compare with	人工智能
別提了	bié tí le	say no more, don't bring it up, drop the subject	應用軟體
比方說	bǐfāng shuō	for example	市場行銷學
畢竟	bìjìng	after all, all in all, when all is said and done	人工智能、市場行銷學
並不／沒	bìngbù/méi	not at all, emphatically not	再生能源
比如（說）	bǐrú (shuō)	for example, for instance, such as	應用軟體、3D 列印、再生能源
不知道要……才好	bù zhīdào yào...cái hǎo	don't (doesn't) know what to do	基改食品
不過	búguò	but, however	數學與測量
趁	chèn	to take advantage of, when	數學與測量
除此之外，……也／還……	chúcǐ zhīwài, ...yě/hái...	apart from this, in addition to this	3D 列印
除了……，還……	chúle..., hái...	besides, apart from (... also...), in addition to, except (for)	數學與測量
從……V起	cóng...V qǐ	start from	基改食品
當……的時候	dāng...de shíhòu	at that time, at the time when	應用軟體
到底	dàodǐ	after all, to the end, to the last	機率與統計、基改食品
……等等	...děngděng	...and so on	3D 列印
對……而言	duì...éryán	with respect to	市場行銷學

……分之……	...fēn zhī...	(fraction)	3D 列印、再生能源、市場行銷學、數學與測量、基改食品
根據	gēnjù	according to, based on	機率與統計
……跟……有關	...gēn...yǒu guān	...is related to...	再生能源
光（是）N/V（O）就	guāngshì......jiù	solely, just	機率與統計
話說回來	huàshuō huílái	having said that, anyway	基改食品
簡單地說	jiǎndān de shuō	to put it simply, simply put	應用軟體、3D 列印、基改食品
將	jiāng	used to introduce the object before a verb, more formal than 把	基改食品
基本上	jīběn shàng	basically, on the whole	3D 列印
既然	jìrán	since, as, this being the case	應用軟體
就我所知	jiù wǒ suǒ zhī	as far as I know	基改食品
據……說	jù...shuō	it is said that, reportedly	數學與測量
看來	kànlái	apparently, it seems that	應用軟體、數學與測量
可	kě	just (emphasis)	基改食品
拿……來說	ná...lái shuō	take...for example	基改食品、市場行銷學
卻	què	but, yet, however, while	人工智能
如果……則……	rúgu...zé...	if... then...	機率與統計
甚至	shènzhì	even	再生能源
實際上	shíjìshàng	in fact, in reality, as a matter of fact, in practice	再生能源
首先……，接著……	shǒuxiān..., jiēzhe...	first (of all), in the first place	數學與測量
首先……然後……最後……	shǒuxiān...ránhòu...zuìhòu...	first..., then..., finally...	市場行銷學
說到……	shuō dào...	speaking of, when it comes to this	3D 列印
說起……	shuōqǐ...	to mention, to bring up (a subject), with regard to, as for	人工智能

所……的……	suǒ...de...	a construction to introduce something or somewhere people work on or with	數學與測量
所謂的……	suǒwèi de...	so-called	市場行銷學
為了……而……	wèile...ér...	to do something for the purpose of	應用軟體
為了	wèile	in order to	人工智能
要……就看……	yào...jiù kàn...	which...depends on...	基改食品
也就是說	yějiùshìshuō	in other words, that is to say, so, thus	機率與統計
以……為……	yǐ...wéi...	take...as...	人工智能、市場行銷學
以……來說	yǐ...láishuō	to use, by means of, according to, in order to, because of, at (a certain date or place), old variant of 以 [yǐ], old variant of 以 [yǐ]	3D 列印
因為……的關係	yīnwèi...de guānxì	because of	應用軟體
因……而……	yīnwèi...ér	because of	基改食品
以上	yǐshàng	that level or higher, that amount or more	數學與測量
由於	yóuyú	due to, as a result of	再生能源、基改食品
這樣一來	zhèyàng yì lái	thus, if this happens then	人工智能
……指的是……	...zhǐ de shì...	refer to	3D 列印、再生能源、市場行銷學
至於	zhìyú	as for, as to, to go so far as to	應用軟體

國家圖書館出版品預行編目（CIP）資料

學科主題漫談 . I / 李明懿, 蘇文鈴, 張瑛, 陳慶萱,
李菊鳳, 林宛蓉, 范美媛編寫 . -- 初版 . -- 桃園
市：國立中央大學出版中心出版；臺北市：遠
流出版事業股份有限公司發行 , 2022.04
　　面；　　公分 . -- （學術華語漫談系列）
ISBN 978-986-5659-42-4（平裝）

1. 漢語教學　2. 語文教學

802.03　　　　　　　　　　　　111003353

【學術華語漫談系列】
學科主題漫談　I

主編：李明懿
編寫教師：蘇文鈴、李明懿、張瑛、陳慶萱、
　　　　　李菊鳳、林宛蓉、范美媛
執行編輯：王怡靜

出版單位：國立中央大學出版中心
　　　　　桃園市中壢區中大路 300 號

　　　　　遠流出版事業股份有限公司
　　　　　台北市中山北路一段 11 號 13 樓

展售處／發行單位：遠流出版事業股份有限公司
地址：台北市中山北路一段 11 號 13 樓
電話：(02) 25710297　傳真：(02) 25710197
劃撥帳號：0189456-1

著作權顧問：蕭雄淋律師
2022 年 4 月 初版一刷
售價：新台幣 480 元

YLib.com 遠流博識網 http://www.ylib.com　E-mail: ylib@ylib.com